人形佐七捕物帳傑作選

横溝正史
縄田一男＝編

角川文庫
18926

目次

羽子板娘

辰源のお蝶

——羽子板になった娘がつぎつぎと——

七草をすぎると、江戸の正月もだいぶ改まってくる。辻々《つじつじ》をまわって歩く越後獅子《えちごじし》、三河《みかわ》万歳もしだいに影をけして、ついこのあいだ、赤い顔をしてふらふらと、廻礼《かいれい》にあるいていたお店の番頭さんが、きのうにかわるめくら縞《じま》のふだん着に、紺の前掛けも堅気らしじゅう取りすました顔もおかしく、注連《しめ》飾り、門松に正月のなごりはまだ漂うているものの、世間はすっかり落ち着いてくる。

このころになって、そろそろ忙しくなるのが、芝居、遊廓《ゆうかく》、料理屋さん、いままでは暮れも正月もない、遊びたいやつは遊ぶが、昔はげんじゅうだから、新年は家にいて年賀をうけたり、旧知、懇意のあいだがらを廻《まわ》って歩くから、遊ぼうにも遊ぶひまがない。

その七草のばん、小石川音羽《こいしかわおとわ》にある辰源《たつげん》という小料理屋では、江戸座《えどざ》の流れをくむ、宗匠連の発句の初会があるというので、宵から大忙しで、てんてこ舞いをしていた。

おかみのお源《げん》というのは、もと岡場所でかせいでいたという、うわさのある女だが、鉄五郎《てつごろう》という板場と夫婦になり、ふたりで稼いでいまの店を、きずきあげたというだけあって、なかなかのしっかりもの、先年亭主の鉄五郎が亡くなってからも、女手ひとつで、ビクともしないところはさすがだという評判である。

そのお源が座敷へ出て、さかんに愛嬌《あいきょう》をふりまいていると、水道端《すいどうばた》にすむ梅叟《ばいそう》という宗匠が、ふとその袖《そで》をとらえ、

「そうそう、おかみさん、お蝶《ちょう》ちゃんはどうしましたえ」

と、訊《たず》ねた。

「お蝶ですか、あいかわらずですよ」

「少しは、客の席へ出したらどうだえ、お蝶ちゃんもこんどはたいした評判だねえ。なにしろ羽子板になった江戸小町、なかでも、お蝶ちゃんの羽子板が、いちばんよく売れるというから豪気《ごうぎ》なもんだ」

「なんですか、あんまり世間で騒がれるもんですから、当人はかえってポーッとしているんですよ」

と、いったが、お源もさすがに悪い気持ちではないらしい。

「あんまり大事にしすぎると、かえってネコになってしまうぜ。少しは座敷へ出して、われわれにも目の保養させるもんだ」

「いえね、旦那《だんな》、わたしもあの娘が手伝ってくれると、少しは、からだが楽になるンですけれど、ねっからもうねんねでね」

「そうじゃあるめえ、おかみさん」

と、横合いから口を出したのは、俳名春林という町内のわかい男、

「うっかり客のまえへ出して、あやまちでもあったらたいへんだというんだろう、なにしろこのおかみときたら凄《すご》いからねえ。われわれなんぞ、てんで眼中にないンだから。いずれそのうち、ご大身の殿様にでも見染められて、玉の輿《こし》という寸法だろう」

「まあ、こちら、お口が悪いのねえ」

といったが、さすがにお源はいやな顔をする。

お源のひとり娘――といっても養女にきまっているが、お蝶というのは、まえから音羽小町とさわがれたきりょうよしだったが、ことしはとうとう、神田《かんだ》お玉《たま》が池《いけ》の紅屋《べにや》の娘、お組《くみ》や、深川《ふかがわ》境内の水茶屋のお蓮《れん》とともに、江戸三小町とて、羽子板にまでなった評判娘。

きりょうのいい娘をもった、こういう種類の女の心はみんなおなじで、お源も内々、そういう下心のあったところへ、ちかごろではさる大藩のお留守居役《るすいやく》から、お側《そば》勤めにという下交渉もあるおりから、図星をさされて、お源はいっそう不愉快なかおをするのである。

「そうそう、それで思い出したが、深川のお蓮はかわいそうなことをしたねえ」

と、話のなかへ割りこんできたのは、伊勢徳《いせとく》といって、山吹町《やまぶきちょう》へんのお店のあるじ、俳名五楽という。

「さようさ、せっかく羽子板にまでなって、これからおおいに売り出そうというおりから、春をも待たで、あんな妙な死にかたをしたンだから、親の嘆きもさることながら、当人もさぞ浮かばれめえな」

梅叟はきせるをたたきながら、黯然《あんぜん》としたかおをした。

お蓮というのは、お蝶とともに、羽子板になった江戸三小町のひとり、深川に水茶屋を出している、八幡《はちまん》裏の喜兵衛《きへえ》というものの娘だが、暮れに柳橋《やなぎばし》のさるごひいきのうちへ、ごあいさつにいったかえりがけ、どういうものか大川端《おおかわばた》あたりで、土左衛門《どざえもん》になってその死体がうかんだ。なにしろ、羽子板にまでなった評判のおりから、お蓮の死は読売《よみうり》にまで読まれて、うわさはこの音羽まできこえていた。

「なにしろ柳橋のひいきのうちで、たいそうもなくご馳走《ちそう》になって、当人したたか酔っていたというから、おおかた、足を踏みすべらしたンだろうという話さ」

「大川端もあのへんは危ないからね。しかし、ひいきもひいきじゃねえか、わかい娘を盛りつぶすさえあるに、それほど酔っているものを、駕籠《かご》もつけずにかえすというのは、いったい、どういう量見《りようけん》だかしれやアしねえ」

「ところが、旦那、さにあらずさ」

と、若い春林がにわかに膝《ひざ》をのり出すと、

「ここにひとつ、妙な聞きこみがありやす。たしか、お蓮の初七日の晩だといいやすがね、しめやかにお通夜をしている、八幡裏の親もとへ、変なものを、投げこんでいったやつがあるンですとさ」

「変なものって、なにさ」

「それが、旦那、羽子板なんです。お蓮の羽子板なんです。しかも押し絵の首のところを、グサリと、こうまっぷたつに、ちょん切ってあったということで」

「ほほう」

一同、おもわず眉《まゆ》をひそめると、

「すると、お蓮が死んだのは、あやまちじゃなかったのか」

「あっしもそう思うんで。押し絵になるほどの娘だから、なんかと色の出入りも、多かったろうじゃございませんか。絞め殺しておいて、河へぶちこんじまやアわかりゃしません。こんなことがあるから、小町娘を持った親は苦労だ。おかみさん、お蝶さんも気をつけなくちゃいけませんぜ」

「あら、いやだ。正月そうそうから縁起でもない」

お源はいまいましそうに、青い眉をひそめたが、そのときにわかに、内所《ないしょ》のほうでワアワアという、騒ぎが起こったかと思うと、ころげるように入ってきたのは、女中頭のお市《いち》、

「おかみさん、たいへんです、たいへんです、お蝶さんが、お蝶さんが……」

と、敷居のきわでべったりと膝をつくと、

「うらのお稲荷《いなり》さんの境内で、ぐさっと乳のしたを抉《えぐ》られて――抉られて――」

きくなりお源は、ウームとばかり、その場にひきつけてしまった。

鏡の合図

——赤ん坊も三年たてば三つになる——


「こんにちは、親分はおいでござンすかえ」

護国寺《ごこくじ》わきに、清元延千代という名札をあげた、細目格子をしずかにあけて、ものやわらかに小腰をかがめたのは、年のころまだ二十一、二、色の白い、役者のようにいい男だった。

「おや、だれかと思ったら、お玉が池の佐七《さしっ》つぁんじゃないか。さあ、さあ、お上がンなさいよ」

「これは、姐さん、明けまして、おめでとうございます」

「ほっほっほ、佐七つぁんの、まあ、ごていねいな、はい、おめでとう。さあ、お上がンなさい。親分もちょうどおいでなさるから」

「佐七じゃねえか、まあ上がンねえ」

奥からの声に、

「それじゃご免こうむります」

ていねいに佐七があがると、あるじの吉兵衛《きちべえ》はいましも、長火鉢のまえにあぐらをかいて、茶をいれているところだった。

女房に清元の師匠をさせているが、この吉兵衛、またの名をこのしろといって、十手捕縄をあずかる御用聞き。音羽から山吹町、水道端へかけて縄張りとする、岡っ引きのうちでも古顔の腕利きだった。

「もっと早く、ご年始にあがるところでございますが、なにせここンところへきて、ばかにとりこんじまいまして」

「どうせそうだろうよ。若いうちはとかく楽しみが多くて、こちとらのような年寄りにゃ御用はねえもンだ。しかし、まあよくきてくれたな。お千代、茶でもいれねえ」

この佐七というのは、神田お玉が池あたりで、親の代から御用をつとめている身分、先代の伝次《でんじ》というのは、吉兵衛と兄弟分の盃《さかずき》もした、腕利きの岡っ引きだったが、せがれの佐七はあまり男振りがいいところから、とかく身が持てず、人形佐七と娘たちからワイワイといわれるかわりに、御用のほうはお留守になるのを、いまでは親代わりのつもりでいる吉兵衛は、日ごろから苦々しく思っているのであった。

「おふくろのお仙《せん》さんは達者かえ」

「はい、あいかわらずでございます。そのうち、いちどお伺いすると申しておりました」

「いや、それはどうでもいいが、おまえもあまりお仙さんに、心配かけるような真似はよしたがいいぜ。このあいだもきて、さんざん愚痴をこぼしていったっけ。おまえ、明けていくつになる」

「へえ、あっしは寛政《かんせい》六年、甲寅《きのえとら》のうまれですから、明けて二になります」

「二になりますもねえもンだ。おまえのお父《と》っつあんの二のとしといやア……いや、もう、よそう、よそう。いうだけ愚痴にならあな」

「面目次第もございません」

佐七は頭をかきながら、

「ときに、親分、ゆうべむこうの辰源で、とりこみがあったというじゃございませんか」

「なんだ、佐七。おまえその話でわざわざやってきたのか」

「いいえ、そういうわけでもございませんが、ひょっとすると、あっしの縄張りのほうへも、かかりあいができてくるンじゃねえかと思いましてね」

「こいつはめずらしい。お千代、みねえ、赤ん坊も三年たてば三つになるというが、佐七もどうやら身にしみて、御用をつとめる気になったらしいぜ」

「なんだえ、おまえさん、そんな失礼なことを――」

「よしよし、おめえがそういう量見なら、おれも大きに力瘤《ちからこぶ》の入れがいがあらあ。なるほどなあ。羽子板娘のもうひとりは、お玉が池の紅屋の娘だったな」

と、吉兵衛はしきりに感心していたが、やがて、ぐいと大きく膝をのりだすと、

「佐七、まあ、聞きねえ、こういうわけだ」

と、吉兵衛が話したところをかいつまんでしるすと、辰源のひとり娘お蝶はその晩、ただひとり、奥の内所で草双紙《くさぞうし》かなにかを読んでいた。するとそのとき、どこからか、きらり、きらりと光がさしてくる。お蝶はそれをみるとポーッと頬をあからめて、草双紙から顔をあげた。

と、いうのはお蝶にひとつの秘密がある。辰源の裏側に、富士留《ふじとめ》という大工の棟梁《とうりょう》の家があって、そこに紋三郎《もんざぶろう》というわかいものがいるが、お蝶はいつか、この紋三郎と深いなかになっているのだ。しかし、なんといってもあいてはしがない叩《たた》き大工、慾《よく》のふかいお源がこの恋をゆるそうはずがない。ふたりはひとめをしのんで、はかない逢瀬《おうせ》をつづけているのだが、この逢《あ》い曳《び》きの合図になるのは、一枚の鏡なのである。

富士留の物干しに立って、蠟燭《ろうそく》のうしろでこの鏡を振ると、こいつがちょうど、辰源の内所へ反射することになっている。恋するふたりはいつか、こんなはかない手段をおぼえていたのである。

お蝶は壁にうつる光をみると、もう矢も楯《たて》もたまらなかった。

ちょうどさいわい、母のお源は表の座敷につきっきりだし、女中たちもてんてこ舞いをしているおりから、だれひとり、お蝶の挙動に目をつけているものもない。彼女はそっと、庭下駄《にわげた》をつっかけたが、そのとき、

「お蝶さん、どこへおいでなさいますえ」

と、うしろから呼びとめたのは、お燗《かん》を取りにおりてきた女中頭のお市だった。

「あの、ちょっと」

「いいえ、いけませんよ、お蝶さん。わたしはちゃんとしっていますよ、また、紋さんに逢いにおいでになるンでしょう」

「あれ、お市、そんなこと」

「かくしたっていけませんよ。おかみさんはごま化されても、このお市は騙《だま》されやしませんよ、むこうの物干しから鏡の合図で……ね、そうでしょう」

「お市、おまえそんなことまで知っているのかえ」

「それは亀の甲より年の功、いまもむこうで見ていたら、きらきらとその壁に映っていたじゃありませんか。ほっほっほ。それじゃお蝶さん、おかみさんの目が怖いから、なるべく早くかえっておいでなさいよ」

「あれ、それじゃお市、おまえこのまま見遁《みの》がしておくれかえ」

「わたしだって鬼じゃありませんのさ」

「お市、恩にきるよ」

粋《いき》なお市のはからいに、お蝶はいそいそと出かけていったが、それからまもなく、客を送りだしたお市が、なにげなく表をみると、お蝶と逢っているはずの紋三郎が、風呂《ふろ》帰りだろう、手拭《てぬぐ》い肩に友達とワイワイ話しながら通るではないか。

おやと眉《まゆ》をひそめたお市が、

「ちょっと、ちょっと、紋さん」

と、低声で呼びこむと、

「おまえ、お蝶さんといっしょじゃないのかえ」

「お蝶さん？」

紋三郎が、さっと顔色かえるのを、

「いいのよ、あたしゃなにもかも知っているンだから。しかし、変だねえ、さっきたしかに鏡の合図があって、お蝶さんは出かけたよ」

「鏡の合図。そ、そんなはずはありませんよ。おいらアいままで、兼公《かねこう》とお湯へいってたんだもの――」

お市はようやく、ことの容易でないのに胸をとどろかせた。

「紋さん、いったいおまえさんたち、いつもどこで逢っているの」

「どこって、たいてい裏の駒止《こまど》めの稲荷《いなり》だけど」

「それじゃおまえ、すまないが、ちょっといってみてきておくれ、なにか間違いがあるといけないから」

紋三郎ももとより惚《ほ》れた女のことだ、異議なくお市の頼みを引きうけたが、それからまもなく、血相かえてとびこんで来ると、

「お市つぁん、たいへんだ。お蝶さんが、お蝶さんが殺されて……」

「……と、まあいうようなわけだ。そこで、大騒ぎがもちあがって、駒止め稲荷へでかけてみると、案の定、お蝶はひとつき、乳のしたを抉《えぐ》られて死んでいるんだが、ここに妙なのは……」

と、このとき吉兵衛とんと煙管《きせる》をたたくと、

「そのお蝶の死体のうえに、だれがおいたのか羽子板がいちまい、むろん、お蝶の

羽子板だが、こいつがプッツリ首のところをチョン切ってあるのさ」

佐七はだまってきいていたが、

「それで、紋三郎という野郎は、どうしました」

「まあ、さしあたり、ほかに心当たりもないので、こいつを番屋へあげてあるが、人殺しのできるような野郎じゃないさ。それに、お蝶が出かけていったじぶんには、ちゃんと風呂ンなかで、鼻唄《はなうた》かなんかうたっていやがったという、聞き込みもあがっているンでの」

「それにしても、ふたりのほかにだれしる者もねえはずの、鏡の合図があったというなアおかしゅうございますね。どうでしょう、親分」

と、佐七はキッと面をあげると、

「親分の縄張りへ手をいれようなぞという、だいそれた量見《りようけん》じゃございませんが、ちょっと気になります。ひとつ、辰源のほうへお引き廻《まわ》しを願えますまいか」

「よし、おまえがその気になってくれりゃ、おれもおおきに張り合いがあらあ。ちょうどこれから、出かけようと思っていたところだ。望みならおまえもいっしょにきねえ」

佐七より吉兵衛のほうがハリキッている。

鬼瓦の紋所

――もうひとりの羽子板娘も行く方不明――

正月というのに、忌中の札をはった辰源は、大戸をおろして、お源はまるで気も狂乱のていたらく。ことに女中頭のお市は、お蝶をだしてやった責任者だけに、お源からさんざん毒づかれたり、口説かれたりして、病人のように蒼《あお》い顔をしていた。

「おとりこみのところ恐れ入りますが、ちょっとお内所《ないしょ》を見せていただきとうございますが」

お蝶の死体にも羽子板にも目もくれず、いきなりそういった佐七は、半病人のお市に案内されてうす暗い奥の座敷へとおった。

「なるほど、むこうにみえるのが、富士留さんの物干しでございますね」

佐七は裏塀越しにみえる物干しと、座敷の壁を見くらべていたが、

「もし、お市さん、ゆうべおまえさんが見た鏡の影というのは、どのへんに映っていましたかえ」

「はい、あのへんでございます」

お市が裏のほうの砂壁を指すと、

「そりゃおかしい。お市さん、富士留さんのほうから、照らしたのなら、こっちのほうへ映らなきゃならんはずだ。ねえ、親分、そうじゃございませんか」

「なるほど、こいつは気がつかなかった。お市、まちがいじゃないかえ」

「いいえ、まちがいじゃございません。たしかにそっちの壁でした。表から入ってきて、すぐ目についたンでございますもの」

「なるほど、おまえがそういうンなら、そのとおりだろう。ときにお市さん、おまえ懐中鏡を持っちゃいませんかえ」

「はい、これでよろしゅうございますか」

「結構結構、それじゃ、親分、それからお市さんも、ちょっとここで待っていておくんなさい」

なにを思ったか人形佐七は、鏡をもってスタスタと座敷をでると、やがて内所を斜《はす》に見下ろす、二階座敷の小窓をガラリとあけて、

「お市さん、ちょっと見ておくンなさい」

と、キラキラ鏡をふりかざして、

「ゆうべおまえさんの見た影というのは、そのへんでございましたかね」

お市は壁に映る影を見ながら、

「はい、たしかにそのへんでございました。でも……」

佐七はにっこり笑うと、すぐまたもとの内所へかえってきて、

「お市さん、ゆうべあの二階座敷には、どういうお客がありましたえ」

お市はさっと顔色を失うと、

「それじゃ、ゆうべのお客さんが……」

「さようさ、そこの壁へ影をうつすなア、あの二階座敷よりほかにゃねえ。お市さん、その客というのはどういうひとですえ」

お市も、しかし、その客を知らなかった。紫色の頭巾《ずきん》をかぶったお武家で、この家ではじめての客だという。

「そういえばお蝶さんを送り出して、座敷へあがっていくと、そのお武家が窓のところに立っていなさいました。それから大急ぎで勘定をすませると、お出かけになりましたが……」

「親分」

佐七は意味ありげに、吉兵衛のほうをふりかえると、

「このぶんじゃ、どうやら紋三郎に、係《かか》り合いはなさそうでございますねえ」

「佐七、おまえ、なにか心当たりがあるのかい」

「いいえ、いまのところはからっきし、しかし、お市さん、おまえそのお侍の顔に見覚えがあるかえ」

「さあ……」

と、お市は困ったように、

「なにしろ、はじめてのお客でございますから。しかし、ああ、思い出しました。そのお客様のお羽織の紋所というのがひどく変わっているのでございますよ。鬼《おに》瓦《がわら》のご紋なので」

「鬼瓦？」

と、聞いて佐七はちょっと顔色をうごかしたが、

「いや、親分、いろいろ有り難うございました。それじゃこのくらいで」

「佐七、もう帰るのか、それじゃおれもそこまでいこう」

と、表へ出ると、

「おい、佐七、おまえなにか心当たりがあるンじゃねえかえ。あるならあるで、いって貰《もら》わにゃ困るぜ」

「いえ、もう、いっこう……」

「でも、おまえ、鬼瓦の紋所の話を聞いたときにゃ、顔色をかえたじゃないか」

「はっはっは、さすがは親分だ。兜《かぶと》をぬぎやした。親分え、それじゃちょっと神田まで、お運びねがえませんかえ」

「よし、おもしれえ、おれもひとつ、おまえの手柄をたてるところをみせてもらいてえもんだ」

ふたりは連れだって神田までかえってきたが、すると、佐七の顔を見るなり母のお仙が、

「佐七、どこをうろついていたンだえ。おや、これは護国寺の親分さんですかえ」

「おっ母、留守になにかあったのかい」

「なにかどころじゃないよ。紅屋のお組さんがゆうべから帰らないというので、大騒ぎだよ」

聞くより佐七はさっと顔色をうしなった。

山の井数馬

――それじゃ、昨夜の辰源の客とは――

神田お玉が池で、古いのれんを誇っている質店、紅屋の娘お組は、きのう本郷《ほんごう》にいる叔母《おば》のところへ、遊びにいってくると、供もつれずにひとりで出かけていったが、晩になってもかえってこなかった。

神田と本郷じゃたいして遠くもないことだし、それにお組は叔母のところへいくと、よくむだんで泊まってくることがあるので、紅屋では気にもかけずに寝てしまったが、朝になってきくと、ゆうべ、音羽の羽子板娘が殺されたといううわさ。

にわかに気になりだして、本郷へ使いを出してみると、使いといっしょに叔母のお葉《よう》が、血相かえてやってきた。

お組はきのう、お葉の許《もと》へはこなかったのだ。

「嫂《ねえ》さん、これはどうしたというんです。それならそれとなぜ、ゆうべのうちに使いをくれなかったんです」

と、お葉にきめつけられて、後家のお園《その》は真っ蒼《さお》になった。

お葉は先年死んだ、お園の亭主甚五右衛門《じんごえもん》の妹で、本郷でも有名な小間物店、山城屋惣八《やましろやそうはち》にとついでいるので、主人なき紅屋にとっては、もっとも有力な親類筋なのだ。そこへ変事をききつけて、お葉の亭主惣八もかけつけてくる。

番頭の清兵衛《せいべえ》もくわわって、あれやこれやと、お組の立ち廻《まわ》りそうなところを相談しているところへ、だれか帳場へ羽子板をおいていったものがあると、小僧の長吉《ちょうきち》が持ってきた。

みるとお組の羽子板で、しかも、例によって、その首がプッツリと、チョン切られているのだから、さあ、たいへん、紅屋の一家は真っ蒼になった。

佐七は親の代から紅屋へ出入りし、かつはしじゅう、ひいきにあずかっている大事なお店だから、おふくろのお仙からその話をきくと、さっと顔色かえたのもむりはない。

「親分」

佐七は人形とあだなをとった秀麗なおもてに、きりきりと稲妻を走らせると、

「あっしが臍《へそ》の緒《お》切って、はじめての捕物でございます。縄張りちがいじゃございましょうが、どうか助けておくンなさいまし」

「ふむ、おもしろい。それでなにか心当たりがあるのかえ」

「まんざら、ねえこともございません。それじゃおっ母、ちょっと紅屋さんへ、顔を出してくるぜ。親分、お供ねがいます」

外へでると、佐七はなにを思ったのか、矢立てと懐紙を取りだして、さらさらと、一筆書きながすと、辻《つじ》待ちの駕籠《かご》を呼びよせた。

「おめえ、ちょっとすまねえが、これを名宛てのところへ届けてもらいてえ。それから向こうのおかたを駕籠でお迎えしてくるンだ。いいかえ。わかったかえ。御用の筋だからいそいでくれ」

「へえ、承知いたしやした」

駕籠舁《か》きは、宛て名を見ながらいっさんにかけ出した。

「佐七、どこへ使いを出したンだ」

「なあに、ちょっと——親分、じゃ、まいりましょう」

と、さきに立って歩きだしたが、ふと思いついたように、

「親分、紅屋へ顔出しするまえに、ちょっと見ていただきてえものがあるンで、この横町をまいりましょう」

吉兵衛には、佐七のすることがさっぱりわからないが、なにしろ、日頃ぐうたらな佐七が、にわかにテキパキ、ことを運ぶのがうれしくてたまらない。

目を細くして、佐七のいうままに従っている。

やがて、佐七がふと立ちどまったのは、

「無念流《むねんりゅう》剣道指南、山《やま》の井数馬《いかずま》」

と、看板のかかった町道場のまえである。

「親分、ちょっと武者窓からけいこの模様を覗《のぞ》いてまいりましょう」

「なんだえ、いまさら、やっとうのけいこをみたところが、仕様がねえじゃないか」

「いえ、そうじゃございません。ほら一段高いところに、すわっていらっしゃるのが山の井数馬さま。親分、りっぱなかたじゃありませんか」

吉兵衛も、しかたなしに苦笑いしながら覗いたが、みると、わかい連中が盛んに叩《たた》きあっているむこうに、道場のあるじ、山の井数馬が、いかめしく肩いからせてひかえている。眉《まゆ》の濃い鬚《ひげ》の黒い大男だ。

「親分、ちょっとあの先生の、ご紋を見てくださいまし」

いわれて吉兵衛、山の井数馬の羽織をみたが、そのとたん、思わずあっと叫んだ。山の井数馬の紋所は、世にもめずらしい鬼瓦。

「さあ、親分、まいりましょう」

佐七はすましたもので、武者窓のそばを離れると、先に立ってあるきだした。

「佐七、おい、どうしたンだ。それじゃゆうべの辰源の客は、山の井数馬というあのお武家かえ」

「さあ、どうですか」

佐七は笑いながら、

「なんしろあの先生も変わりもンでさあ。近所のものが鬼瓦《おにがわら》の先生と、あだ名をしたのをいいことにして、紋所まで、じぶんから鬼瓦にかえてしまったンですよ。さあ、紅屋へまいりました」

吉兵衛がまだ、なにか聞きたそうにするのも構わず、佐七は黒いのれんをおしわけると、ぐいと紅屋の帳場へ顔をのぞかせた。

証拠の羽織

――佐七これより大いに売り出す――


「おや、長吉どん、精が出るねえ。なにかえ、番頭さんはうちにいるかえ」

「はい、奥にいなさいますが、ちょっと取りこみがございまして」

「わかっているよ。お組さんの居所はまだわからないのかい。ああ、お葉さん、しばらくでござんした」

奥からちょっと顔を出したお葉は、幼なじみの佐七の顔を見ると、さすがに嬉《うれ》しげに、

「おや、佐七つぁん、よくきておくれだったね、お組ちゃんのことできてくれたのかえ」

「そう、そう、お組坊がいなくなンなすったのだそうですね。さぞご心配でございましょう。しかし、きょうまいったのは、さようではございませんので、ちょっとお調べの筋があって、質草を見せていただきにあがったのでございます」

「おや、そう」

お葉はむっとしたように、

「それなら長どんに蔵へ案内してもらって、かってにお調べなさいな」

と、そのまま奥へすがたを消していった。

「長どん、すまないね」

吉兵衛に目配せをした佐七は、長吉をさきに立てて蔵へ入っていくと、うず高く棚につみあげた質草を、あれかこれかと探していたが、やがて、

「これだ」

と、風呂敷《ふろしき》包みの結び目をとくと、

「親分、これはいかがでございます」

ひろげて見せた羽織を見て、吉兵衛は思わず息をのんだ。

まさしく鬼瓦の紋所。

「親分、ここに頭巾《ずきん》もあります。ほら、こんなに濡《ぬ》れているところを見ると、ゆうべ着ていったものにちがいありませんねえ」

「佐七、それじゃゆうべの侍はこの家のもんかえ」

「おおかた、そうだろうと思います。だが、まあ、表へまいりましょうか」

羽織と頭巾をくるくると、風呂敷に包んだ佐七は、蔵から外へ出たが、あたかもよし、そこへさっきの駕籠屋がかえってきた。

「お玉が池の親分、わざわざのお迎えは、いったいどういう御用でございます」

と、不安な面持ちで駕籠の垂れをあげたのは、意外にも辰源の女中頭お市だった。

「あ、お市さん、ご苦労ご苦労、ちょっとおまえに用があったのだが、おいらが呼ぶまでここで待っていておくれ。親分、それじゃ奥へまいりましょう」

いましも山城屋夫婦に後家のお園、番頭の清兵衛が額をあつめて相談している奥

座敷へ、ズイととおった人形佐七、

「ええ、みなさんえ、ちょっとお話があってお伺いいたしました。ご免くださいまし」

「ああ、これはお玉が池の親分、いま少しとりこみ中でございますが」

と、山城屋惣八がいうのを、

「はい、そのお取り込みのことで、まいりました。番頭さん、ちょっと顔をかしてくださいまし」

「へえ、わたしになにか御用で」

「そうさ、おまえさんでなければいけねえことなんで、ちょっとこの、羽織と頭巾を着ておもらいしたいんで」

包みをといて取りだした羽織と頭巾をみると、番頭の清兵衛、おもわず唇まで真っ蒼《さお》になった。

「親分、それはいったいどういうわけで」

「どういうわけもこういうわけもあるもんか。てまえがいやなら、この佐七が着せてやらあ。このしろ親分、ちょっと手を貸しておくんなさいまし」

「よし、きた」

「それはご無体な」

すっくと立ち上がった清兵衛が、やにわに店へ逃げ出そうとするのを、左右から抱きすくめた佐七と吉兵衛、むりやりに羽織と頭巾を着せると、

「お市さん、お市さん、ちょっと、見ておくれ。ゆうべのお武家というのは、この男じゃなかったかい」

かけこんできたお市は、ひとめ清兵衛の顔を見ると、

「あ、このひとです。このひとです」

それを聞くと清兵衛は、にわかに力も抜け果てて、がっくりと畳のうえに顔を伏せてしまった。

「おい、清兵衛、辰源の羽子板娘を殺したのはおまえだろう。お組はどこへやった。お組坊も殺してしまったのか」

「はい」

と、観念してしまった清兵衛は、がっくりと首をうなだれ、

「お組さんは、下谷《したや》総武寺裏のお霜《しも》という、女衒婆《ぜげんばば》のうちに押しこめてございます」

と、いったがそれきりウームという呻《うめ》き声、にわかにがばと畳につっぷしたので、あわてて抱き起こしてみると、舌嚙《か》み切って死んでいた。

番頭清兵衛の悪事の仔細《しさい》というのはこうなのだ。

亭主に死なれてから後家のお園は、いつしか番頭の清兵衛とひとめをしのぶ仲になっていたが、こうなると清兵衛もにわかに慾《よく》が出てきた。いっそ、お組を手に入れて、そっくりこの紅屋の家を横領しようという魂胆、それとなくお組に当たってみたが、むろんあいてはうんとはいわぬ、それのみか、ひそかに母との仲をかんづいていたお組は、いまのうちに切れてしまわねば、本郷の叔母《おば》さんに告げるという。こいつを告げ口されちゃ元も子もない話だから、にわかにお組を殺そうと思い立ったが、それではじぶんに疑いがかかるおそれがある。

おりもよし、おなじ羽子板娘のお蓮が、溺死《できし》したといううわさを聞いたので、初七日の晩に羽子板を送り、なんとなく、お蓮の死に疑いをかけておいて、さてそのあとでお蝶まで殺してしまったのだ。

そしてかんじんのお組は、女衒のお霜のもとへあずけ、いずれゆっくり慰みものにでもしたあげく、殺してしまうつもりだったのだろうが、そこをひとあしさきに、人形佐七に見顕《みあら》わされてしまったのである。

「あっしゃ、羽子板娘が順々に、殺されるということを聞いたとき、すぐ胸に浮かんだのはお組さんのこと、するとふいに思い出したのは番頭の清兵衛のことで、あっしゃいつか清兵衛が、おかみさんと逢《あ》い曳《び》きをしているとこを見たことがあるんで。ああ、後家とはいえ主人の女房と、ひとめをしのぶとは悪いやつだと、こう思うとなんだか清兵衛のやつが、怪しく思われてならねえんです。そこで音羽まで出向いて、あの鬼瓦《おにがわら》の紋のことを聞いたときにゃ、こいついよいよ清兵衛だと思いました。というのは山の井先生というのは大酒呑《の》みで、呑み代に困ると、羽織でもなんでも紅屋へ持っていくんです。だから紅屋なら鬼瓦の羽織もあるわけ、それに頭巾で顔をかくしていたなあ、町人髷《まげ》をかくすためと、まあ、こう思ったわけです。野郎、お蝶からさきに殺すつもりで、あのへんをうろついているうちに、ふとあるところで、大工の紋三郎が酒の上から、あの鏡の合図のことを、口走ったのを聞いていやがったンでしょうね。それにしても、辰源の娘はかあいそうだったが、かねてごひいきにあずかっていた、紅屋のお組坊を救い出すことができたので、あっしも肩身が広うございまさあ」

このしろ吉兵衛は、このあっぱれな初陣の功名に、おふくろのお仙といっしょに目を細くしてよろこんだが、これが人形佐七売り出しの手柄話。文化《ぶんか》十二年乙亥《きのとい》の春のことである。

紅屋の後家はその後、尼になったという。

開かずの間

品川がえり

──なぜ年寄りは若い者を信用しねえ──

陽気もおいおい暖かくなってくると、女の子にとってなによりの楽しみは、桃の節句の雛《ひな》祭り。

その雛祭りもすんで、飾り立てたお内裏さまや右大臣左大臣、三人官女や五人囃《ばや》子《し》、さてはかわいい調度類を、また来年の春までと、しまうときほど女の子にとって、淋《さび》しいことはないというが、その雛祭りの翌朝のことである。

神田お玉が池は佐七のすまいの、勝手口へおずおずとのぞけた、いやに横に平べったい顔を見て、

「あら、辰《たつ》つぁん、そんなところからどうしたというのさ。なぜ表へまわらないんだえ」

と、そう声をかけたのは佐七のおふくろのお仙である。

「えっへへっへっ、小母《おば》さん、おはよう」

「あいよ、おはよう」

と、いってから、お仙はきゅうに気がついたように、相手の顔を見直して、

「そういえば、辰つぁん、きょうはいやに早いじゃないか。まさか朝がえりじゃあるまいねえ」

「うえっへっへ、小母さん、お手の筋」

と、台所口にたって、額をたたきながらわらっているのは、まるで平家蟹《へいけがに》をおしつぶしたように、いやに鰓《えら》の張った男だが、さすがに朝湯にでもはいってきたとみえて、額をてらてら光らせている。

「いやだよ、この子は……お手の筋もないもんだ。こないだも緑町《みどりちょう》の伯母《おば》さんがやってきて、さんざんこぼしていったよ。親はなくとも子は育つで、辰もやっとどうやら一人前の、小舟乗りになったかと思うと、遊びのほうは一人前どころか、一人前はだしもいいところだ。いや、お客さんに誘われたの、兄貴分のおごりだのとかで、しょっちゅうの朝がえり。それゃひとさまに可愛がっていただくのはいいが、ほんとにあの子のいうとおりだろうか。遊びの金にはつまるならい、いまにひとさまのものに、手をかけるような真似をしやアしないかと、わたしゃ気が気でないとこぼしていた。辰つぁん、おまえさん、ちかごろそんなに遊ぶのかえ」

と、年寄りのつねとして、お仙に愚痴っぽくたたみかけられて、

「いやだなあ、小母さん、あの伯母ときたひにゃ、取り越し苦労もいいとこで、針ほどのことでもあると、棒みてえにいうくせのあることとくれえは、小母さんだって、よく知ってるはずじゃアありませんか」

「それゃアまあ、そういえばそうだが……」

「でしょう。それゃアあっしもお客さんや兄貴分にすすめられると、つい、これも役得かと……考えてみるとわれながら、意地きたねえ話ですが、まさかひとさまのものに手をかけるような、おお、いやだ、そんな浅ましいあっしじゃありませんのさ」

と、百方陳弁これつとめているのは、柳橋の船宿で船頭をやっている、辰五郎《たつごろう》というわかい者。

両親をはやくうしなって、本所《ほんじょ》は緑町に住む、お源《げん》という伯母にやしなわれたが、辰が十二、三のときに亡くなった親爺《おやじ》というのが、お玉が池に住んでいて左官職をやっていた。佐七とは幼な友達というわけだが、としは二つちがいの当年二十歳。

その後、柳橋の船宿井筒《いづつ》というのへ奉公して、いまでは一人前の小舟乗り、平家蟹をおしつぶしたような男っぷりは、お世辞にもいいとはいえないが、人間に愛《あい》

嬌《きょう》があって、だれにでもかわいがられる性分である。

「と、いうわけですから、小母さん、緑町の伯母のいうことなど、いちいち取り合わねえでくださいよ。あっしもこれでまんざらばかじゃありませんのさ。それより、小母さん、親分は……？」

「辰つぁん、親分ってだれのことさ」

「あれ、わかってるじゃアありませんか。こちらの佐七親分ですよ」

「あれまあ、あの子が親分かえ」

「おっ母《か》さん、それがいけねえ。おっ母さんの目からみれば、いつまでも子供にみえるのかしれませんが、この春の羽子板娘の一件以来、お玉が池の人形佐七といえば、たいしたひょうばんじゃありませんか。ゆうべも高輪《たかなわ》のほうで、大捕物があったそうで」

「あれ、辰つぁん、おまえさんはどうしてそんなこと……？」

「いや、じつは……」

辰は小鬢《こびん》をかきながら、

「これをいうとまた、おっ母さんに叱られるかもしれませんが、あっしはけさは品《しな》川《がわ》がえりなんです。その品川の朝風呂《あさぶろ》できいたところでは、ゆうべ大高輪で大捕物があったが、またしてもお玉が池は人形佐七親分の大手柄、これじゃ江戸中の岡っ引きかたなしだと、いや、もうたいした評判ですぜ」

「あれ、まあ、おっ母さん、ゆうべそんなことがあったのかえ」

「あれ、おっ母さんはご存じなかったンで？」

「だってあの子ったら、ゆうべ真夜中過ぎにかえってくるなり、なんにもいわずに寝っちまったんだよ。それに少し酒の匂いもさせていたから、また、どこかで遊びほうけて、極《き》まりが悪いんだろうと、そおウっとしておいたんだが、そんならゆうべあの子がそんな手柄を……？」

と、はじめて聞く倅《せがれ》の手柄に、お仙はややもうおろおろ声。

「いやだ、いやだ。どうしてどこの年寄りも、こう若いもんを信用しねえンでしょうねえ。なんでもゆうべの捕物は……」

と、辰が調子にのって仕方ばなしでまくし立てていると、となりの部屋から声あり、

「静かにしねえか、辰つぁん、うるさくて寝てもいられねえ。まあ、こっちへ上がンねえな」

と、どうやら佐七親分は、寝床のなかで大いにテレているらしい。

雛祭りの夜

——去年とおなじく女郎が血を吐き——

それから四半刻《しはんとき》（半時間）ほどのちのこと、佐七と辰五郎は茶の間で、お仙の心づくしの朝飯の膳《ぜん》についている。

「それで、辰つぁんのゆうべのお楽しみは品川だって？　ずいぶん遠っ走りをしたものじゃないか」

朝がえりときいてお仙の心づくしの、生卵をすすっている辰をみながら、佐七がからかいがおにいえば、

「いえ、それがね、友だちの野郎がなじみの妓《こ》がいるからいこうてんで、ひっぱっていかれたンですが、そうそう、それについて親分に、お願いの筋があってやってきたンです」

「はてな。改まってどういうことだえ。足を出して、馬でもひっぱってきたというンじゃあるめえな。それならご免こうむるよ。うちじゃおふくろがやかましいから」

「いえ、そんなンじゃアありませんのさ。親分は品川に福島屋《ふくしまや》といううちがあるのを、ご存じじゃありませんか」

「福島屋なら品川でも大店《おおみせ》だから、名前くらいはしってるが、それがどうかしたのかえ？」

「親分、じつはゆうべそのうちで、変なことがあったンです」

「おっと、辰つぁん、その親分はよそうじゃねえか。幼なじみのおまえとおれだ。佐七つぁんとか、せめて兄貴ぐれえでいいじゃないか」

「いいえ、おまえさんはもう親分ですよ。だれがなんといおうとも、もうおまえさんは押しもおされもせぬ、お玉が池の親分ですよ。その親分を見込んで、お願いの筋があってやってきたンですが、ゆうべ福島屋で女郎が毒をのんだんです」

「えっ？」

「それだけなら、べつに珍しかアありませんが、その部屋というのが、去年も女郎がひとり毒をのんだ部屋で、福島屋ではそれいらい、開かずの間ってことにしてあったンです」

「開かずの間……？」

佐七はおもわず目を見はって、われにもなく、辰の話につりこまれた。

それは文化十二年の春三月、「羽子板娘」の一件で、佐七がパッと売りだした年のことである。したがって佐七はまだ、おふくろのお仙とふたり暮らしの時分のことだった。

佐七は幼なじみの辰五郎が、品川がえりときいたので、なにかとからかってやろうと思っていたところが、案に相違して、なんだか意味ありそうな話に、ついひきずりこまれたというかたちで、

「辰つぁん、なんだかおもしろそうな話だが、それじゃひとつ聞かせてもらおうか」

と、おいでなすったから、辰は内心しめたとばかりに膝《ひざ》のりだし、

「去年その部屋はかしくといって、そのじぶん、福島屋ずいいちの売れっ妓の部屋だったそうです」

かしくというはそのじぶん、二十二の勤めざかり、すこし内気でさびしいのを難として、器量気質《きだて》も申しぶんなく、客あしらいもよかったから、いつも板頭《いたがしら》か二枚目を張りとおしていたそうである。

そのかしくがとつぜん、じぶんでのんだかひとにのまされたか、毒にあたって死んだのである。しかも、そのころかしくには、よい客がついて、すでに身請けもすみ、はなばなしく引き祝いもやって、これから仕合わせがこようという、さて、そ

の晩のことである。かしくが毒をのんで死んだのは……。

「それが、親分、去年のゆうべのことで、かしくの部屋にはかわいそうに、客からおくられたお雛《ひな》さまが、きれいに飾ってあったそうです」

「はてな、それじゃかしくという女郎は、その身請けをいやがっていたのか」

「とんでもない。それがそうじゃなかったから、そのじぶん、いろいろ詮議《せんぎ》がむずかしかったそうですが、けっきょく、わけがわからずじまい、うやむやになっちまったンだそうで。それで福島屋ではそれいらい、そこを開かずの間ってことにしておいたンだそうですが……」

「その部屋でゆうべまた、女郎が毒をのんで死んだというンだな」

「へえ」

「それじゃ、開かずの間じゃねえじゃねえか」

「それがね、きのうはかしくの命日ですから、年にいちど開かずの間をひらいて、かたみのお雛さまをかざり、仏の冥福《めいふく》を、まあ、祈ってやったンですね。それで、開かずの間もひらいてたわけですが、ところがけさになってみると、その部屋で女郎が毒をのんで死んでいる……」

「それでなにか、そいつかしくにゆかりの女か」

「ところが、そうじゃアねえからおかしいンです。ゆうべ毒をのんで死んだのは、お新《しん》といって去年の暮れ、かかえられたばかりの新参者で、としはわけえがツラがまずくて、あまり売れない妓だったそうです」

「なんだ、それじゃそいつ売れねえのを気にやんで、世をはかなんだンじゃねえのか」

「そう考えられねえこともありませんが、それじゃアなぜ、かしくの部屋へいって死んだんです。それにそいつ、磨《と》ぎすました剃刀《かみそり》を持ってたンですぜ」

「それじゃアおおかた、咽喉《のど》をつこうか、毒をのもうかと思案をしたあげく、咽喉をつくのはいたいから、ちっとでも楽な毒のほうをと……」

「あっはっは、死ぬのに楽も苦もあったもンじゃありませんや。それに、そればかりじゃありません。お新のそばには銚子《ちょうし》が一本、盃《さかずき》がふたつころがっていたンです。だから、お新は死ぬまえに、だれかと酒をくみかわしていたにちがいねえ。まだそのほかにも、いろいろおかしなことがあるンですがね」

「なんだい、そのおかしなことというのは」

「いいえ、それというのがね、去年かしくを身請けしようとしていた……いや、じっさいはもう、身請けがすんでいたンですが、その男というのは、沼津《ぬまづ》でかなり手びろく煙草屋をやっている、駿河屋源七《するがやげんしち》という男なんですが、そいつがゆうべもきてたンですよ」

「なんだ、それじゃ身請けの客というのが、かしくが死んだのちも、福島屋へかよっているのか」

「そうなんです。なんでもふた月にいちどくらいのわりあいで、商用で江戸へ出てくるンだそうで。そのつど福島屋へとまって、かしくを買いなじんだあげくのはてが、身請け話にまで漕《こ》ぎつけたンですね。ところがそいつ、かしくが死んでからのちも、江戸へくるごとに福島屋へよって、かしくの思い出話かなんかやってたのが、いつかかしくの朋輩《ほうばい》女郎の、お園《その》というのに馴染《なじ》んだンですね。それで、いまでも福島屋へきてるンですが、ゆうべはことに、かしくの命日ですから……」

「お園というのはどういう女だ」

「なかなかのべっぴんですぜ。宿場の飯盛り女にゃもったいないくらいでさ。二十二ですがね。もっともかしくもべっぴんだったそうです」

「それじゃ、かしくが生きてるころは、席争いがたいへんだったろう」

「へえ、親分のおっしゃるとおりで、かしくが板頭ならお園は二枚目。お園が板頭のときにゃア、かしくが二枚目というわけですが、それでも当人同士は争いもせず、しごく仲よく、むつみあっていたそうです。もっとも、肚《はら》のなかまではわかりませんがね」

佐七はだまって考えていたが、

「辰つぁん、それでいったい、おいらにどうしろというンだえ」

「だからさ、親分にひとつご出馬ねがいてえというンで。いや、親分のおっしゃりたいことはわかってます。品川は八州《はっしゅう》代官の支配地、江戸の町方とは支配ちがいだとおっしゃりてえンでしょ。だからさ、あっしの連れという触れこみで……おっと、おっ母《か》さん、みなまでのたまうべからず、親分に女を抱かせるようなまねはしませんじっはゆうべのあっしの妓《おんな》はお竹《たけ》というンですが、あっしがついうっかり、親分のことを喋《しゃべ》ったンです。そしたらそいつがお内緒にきこえて、ぜひお願いしてえといってるンです。だからさあ、親分、ひとつ品川まで足をのばしておくんなさいよ」

そばにいるお仙の顔色を気にしながらも、辰はとうとう本音を吐いた。

かしくの最期

——人に服まされたか自分で服んだか——

　牛にひかれて善光寺詣《ぜんこうじもう》でというわけではないが、とうとう辰にひっぱり出されて、佐七が品川まで出向いていったのは、その日もそろそろ暮れそめた七つ（四時）ごろのことで、むろんそのころには、代官所の役人も引きあげたあとで、かたのごとく、検視もすんでいた。

　佐七が顔をのぞけると、あらかじめ辰が吹いておいたとみえて、すぐに奥へとおされた。

　福島屋の主人は喜兵衛《きへえ》といって、女郎屋の亭主とは思えぬ柔和な人体《にんてい》。女房のお福《ふく》というのも、人のよさそうな女であった。

「お名前はかねてからうけたまわっております。このたびは遠路ご苦労でございました」

「いや、なに、こちらにも支配のかたがいらっしゃいますから、あっしなどが、顔出しするまでもねえと思ったンですが、このひとがゆうべお世話になりましたそうで、いわばかかりあいでございますから。……よけいなおせっかいといわれるのを承知のうえで、ちょっとお伺いいたしました」

「とんでもございません。じつはけさから、弱りきっているところでございまして……」

と、喜兵衛は渋面つくってため息を吐いた。

「と、おっしゃいますと……？」

「いやね、こちらの兄さんは早目に、お引き取りになったからよろしいようなものの、そのあとから、お代官所のお役人衆がご出張なさいまして、居合わせたお客さまぜんぶ、足止めということになりましたンで」

「えっ、それじゃゆうべお泊まりになったお客さん、ぜんぶ禁足でございますか」

「へえ、この一件埒《らち》があくまでは、だれもこのうち一歩たりとも出してはならぬと、それはそれはきついお申し渡しで……」

「親分さん、助けてください。これでは商売になるならぬはべつとして、お客さまに申しわけございません」

と、喜兵衛夫婦が青息吐息なのもむりはない。

「なるほど、そううかがっちゃ、一刻もはやく埒をあけにゃなりませんが、その後なにかかわったことでも……」

「さあ、それでございますよ」

喜兵衛は膝《ひざ》をのりだして、

「じつは、あれからいろいろ妙なことがわかってまいりまして、わたしも女房もきょうはいちンち、肝をつぶしているところで、もうこうなっちゃこの一件、代官所のお沙汰《さた》があろうがなかろうが、底の底まで洗っていただこうと、いまも女房と話しあっていたところでございます」

「妙なことというのは……？」

「まずだいいちに、ゆうべお新を殺した毒ですが、それがあなた、去年かしくを殺した毒と、おなじものなンだそうで。それればかりじゃございません、なんと驚くじゃありませんか、ゆうべ死んだお新はなんと、まあ、かしくの妹だったンです」

佐七はギョッとして、おもわず辰と顔見合わせた。辰は目をシロクロさせている。

「それは、また……そしてそのことを、きょうまで、ご存じじゃなかったンですか」

「はい、ちっとも」

お新は川崎《かわさき》在の百姓、杢兵衛《もくべえ》の娘ということで、去年の暮れ、福島屋に住みこんできた。ところがけさ、ああいうことがあったので、杢兵衛はすぐとんでさたが、その口からはじめて、お新の素性がわかったのである。

「杢兵衛はお新の親戚《しんせき》になるそうですが、その娘として住みこむとき、ほんとの素性はいってくれるなと、お新はかたく、杢兵衛に口止めをしておいたそうです」

「それじゃ、姉がここにいるあいだに、お新はいちどもきたことはないんですね」

「はい。もっとも、かしくに妹がひとりあることは聞いていましたが、堅気のところに奉公しているから、こういうところへ呼びたくないと、かしくはいつもいっていました」

「いったい、かしくの親というのは……？」

「もと、大森《おおもり》で医者をしていたンです。それが急になくなって、いろいろ困るところから、かしくが身売りをすることになったンです。おふくろは、お常《つね》さんといって、これはちょくちょく、かしくのところへきていました。かしくにとっちゃ継母《ままはは》だそうですが、とてもよくできたひとで、いつも、かしくにすまない、すまないといって泣いていましたっけ。杢兵衛に聞くと、去年の夏かしくが死んでから、四月《よつき》ほどして卒中かなんかで、死んだそうですがね」

「すると、かしくとお新は……？」

「腹ちがいだったそうです。お新はお常さんのほんとの娘だったンですね」

佐七はだまってかんがえていたが、

「旦那《だんな》、かしくが死んだときには、だいぶ詮議《せんぎ》がむずかしかったそうですが、どうでしょう、そのときの模様をおうかがいできませんか」

喜兵衛は女房と顔を見合わせていたが、

「承知しました。いまさらかくすことはございません。しかし、それにはかしくと駿河屋さんとの、馴《な》れそめから、お話ししなければわからないンですが……」

と、そう前置きをしておいて、喜兵衛が語りだしたところによるとこうである。

駿河屋源七が江戸からかえりに、はじめて福島屋へ泊まったのは、いまからざっと二年まえのことだった。いったい、江戸を早立ちして、東海道《とうかいどう》の旅をしようというものには、夜のうちに品川までのして、そこで一泊するのがいちばん便利とされていた。

女郎屋ならばいくら早くても、起こしてくれるからである。

そのとき、駿河屋に出たのがかしくであった。駿河屋はかしくのもてなしに大満悦だったが、そのせいかどうか、翌朝早立ちしたかれは、たいへんなものを忘れていった。百両あまり入った胴巻きを、かしくの部屋におきわすれていったのである。

駿河屋を送り出して間もなく、それに気がついたかしくは、おどろいてすぐ若いものに、胴巻きを持たせてあとを追わせた。わかいものは川崎のちょっと手前で、あおくなって引き返してくる駿河屋にあってそれをわたしたが、そのときの駿河屋のよろこびはどんなだったろう。

たかがひと晩の客である。

そんなもののなかったと、いわれても仕方のないところを、わざわざむこうから、あと追っかけてとどけてくれたのだから、駿河屋の感謝は非常なものだった。

「それからというものは、駿河屋さんは江戸へおいでになるたびに、きっとかしくのところへお見えになりました。こうして一年ほど馴染みをかさねているうちに、駿河屋さんのおかみさんがなくなられたので、かしくを後添いということになったンです」

「それじゃ本妻ですね」

「そうなンです。かしくもそれでよろこびますし、わたしとしても、家のためになってくれた妓《おんな》ですから、いろいろ、おふたりのために計らったンです。そして、忘れもしない去年の雛《ひな》祭りに、身請けもすみ、引き祝いもやりまして、ふたりはいったん引けましたが、おそくなって駿河屋さんは、江戸へお立ちになったンです。いえ、それはまえからの約束で、江戸で、二、三日用達《ようた》しをして、そのかえりに、かしくといっしょに、沼津へ発《た》とうということになっておりました」

「あ、ちょっと待ってください。そうなるとかしくのお袋や妹はどうなるンで」

「それはあとから、呼びむかえるということになっていたンです。お常さんはその日、ここへ別れにきましたよ。駿河屋さんからそうとうのものを、貰《もら》ってかえったようでした」

「なるほど、それで駿河屋さんが江戸へたって……？」

「かしくは駿河屋さんを送り出して、ひとり部屋へかえってねたンですが、すると真夜中ごろになって、かしくの部屋からけたたましく、ひとを呼ぶ声がきこえるンです。それでみんなが駈《か》けつけると、かしくはお園の胸にだかれて死んでいたんです。口からガーッと赤いものを吐いて。……」

異母姉妹

――お園にそれほどの義理はない――

喜兵衛はほっとため息をついて、

「お園はほんとに可哀そうでした。なんでも廊下をとおりかかると、かしくの部屋からうめき声がきこえるので、ふしぎにおもって入ってみると、かしくが寝床から身をのりだし、畳のケバをかきむしっていたそうです。それで、びっくりして介抱しているうちに、赤いものを吐いたので、きもをつぶしてひとを呼んだンですが、なにしろ、かしくのそばにいたのはあの妓だけですから、そのじぶん、ずいぶん変な目でみられて、取り調べの風当たりも、いちばんきつうございました」

「しかし、それでもぶじ言い開きが、できたことはできたンですね」

「言い開きにもなんにも、あの妓がかしくを殺す道理がありませんもの。世間では席争いのなんのといいますが、当人たちは姉妹《きょうだい》みたいにむつみあって、大事なことは打ち明けて、相談しあっていたようでした。駿河屋さんとのことだって、お園はわがことのようによろこんでいたンです」

「その駿河屋さんはちかごろ、お園の客になってるそうじゃありませんか」

「それはわたしがお奨《すす》めしたンです、かしくがああなってからも、江戸へこられるたびにお寄りになって、かしくのことをいっては泣かれる。あまり淋《さび》しそうでお気の毒ですから、かしくとおもって可愛がってやってくださいと、お園を出すことにしたンです。それでもなかなか、かしくのことは忘れかねたらしいンですが、お園の仕向けがよいのか、ちかごろやっと元気になられたと思ったのに、またこんなことになってしまって。……」

「またこんなことになったとおっしゃいますが、それじゃこんどの一件にも、お園がなにか関係してるとお考えですか」

「とんでもない。そんなンじゃァありませんが、お新がかしくの妹とわかると、世間でまた、どんなことをいい出すかと。……」

　喜兵衛は顔をくもらせた。

「お園さんはどうしてます」

「けさは頭が重いといって寝たっきりで……可哀そうに、むりもございません」

「駿河屋さんはゆうべお泊まりだったそうだが」

「はい、でも、けさ早くたって江戸へいかれました。代官所からお役人がおみえになるまえに。……定宿は馬喰町《ばくろちょう》の相模屋《さがみや》さんですから、そこへおいでになればいつでも。……まだ四、五日、江戸へご滞在だそうですから」

「ところで、ゆうべお新に客は……」

「はい、高輪の牛町《うしまち》の若い衆で、権次《ごんじ》さんというのがひとり」

「お新のなじみですか」

「ええ、まあ、二、三度おみえになりましたか」

「権次はいったいどういってるンです。お新の顔がみえなかったのを……」

「いいえ、宵にちょっとお新は顔を出したそうです。どうせこちとらは振られつけてるから、なんとも思わず寝てしまったといってるンですが、日頃はなかなか、ちょっとでも妓《おんな》がおそいと、とてもやかましいかたなんですが、……とにかく高輪の番屋へつれていかれたようですよ」

佐七はだまって考えていたが、

「それじゃ、お新と、それから開かずの間をみせてもらいましょうか」

「はい、どうぞ。おまえさんがお見えになるかもしれないというので、開かずの間はそのままにしてございます。ご案内しましょう」

お新は北枕に寝かされて、枕下には逆さ屏風《びょうぶ》に線香も立っている。そのそばにしょんぼり坐《すわ》っていた五十男が、佐七の顔をみるとあわてて坐りなおした。

なるほど辰のいうとおり、お新はあまりいただけるご面相ではない。髪がちぢれて、鼻がひくく、それでも色の白いのが取り柄であった。

「杢兵衛さんですね」

佐七がちょっと仏をおがんで、かたわらの男に声をかけると、いかにも実直そう

なそのあいては、どぎまぎと度をうしないながら、

「はい、あの、さようで。……」

「おまえさんにちょっと聞きてえんだが、お新ちゃんはどうして、かしくの妹だってことをかくして、ここの女郎になったンです」

「はい、あの、わたくしにもよく、この娘《こ》の料簡《りょうけん》がわかりませんので」

「杢兵衛さん」

佐七はじっと顔をみて、

「お新ちゃんはひょっとすると、姉のかたきを討つつもりじゃなかったンですか、去年なくなったかしくさんのかたきを……」

杢兵衛はどきっとしたように、肩をふるわせたが、そのまま黙ってうなだれた。

「お新ちゃんはだれを疑っていたンですね。かくさずにいっておくんなさい。なにかそのことについて、いってアしませんでしたか」

「はい、あの、それがわかってるくらいなら、すぐに乗りこんでかたきを討つんだが、わからないから女郎になって住み込んで、様子をさぐるンだとそう申しまして……」

喜兵衛は気味わるそうに眉《まゆ》をひそめる。

「お新ちゃんとかしくは、腹ちがいだということだが、それでも仲はよかったンですね」

「それはもう、かしくがとても妹を可愛がって、こちらさんへご奉公しているあいだも、それはそれはよくしてやったもンですから、お新も姉を慕いまして……だから、その姉がああなったときにも、とてもくやしがって、きっとだれかの妬《ねた》みで毒を盛られたにちがいないと。……お新は姉とちがって、とても勝気なもンですから」

「お新はなにか、お園のことをいってやアしませんでしたか」

お園の名をきくと、杢兵衛はなぜかどぎまぎしたが、やがて居ずまいをなおすと、

「そのお園さんについちゃ、ひとつの話があるンです。かしくが亡くなってからというもの、お常さんはとても困っていたンです。そこへ病気になったりしたもンですから、なおのこと、とてもお新のお給金くらいでは追いつきゃアしません。それをどうやりくりするのか、ともかくやっているので、親戚《しんせき》でもふしぎにおもっておりますと、去年亡くなるまぎわにお常さんが、わたくしとお新にうちあけたところによると、なんと、お常さんはお園さんに貢がれていたンだそうで。お常さんはそれをいうときには、ボロボロ涙をながして、だからくれぐれも、お園さんのご恩をわすれちゃならぬと、かたくいいのこしていったンです」

このことは、亭主の喜兵衛も初耳だったとみえて、目をまるくしていたが、同時にかえってその顔色は目にみえてわるくなった。

なるほど杢兵衛の話をそのまま受けとると、たしかにひとつの美談だが、しかし、わるく邪推すると、お園になにかうしろ暗いところがあって、その罪ほろぼしに、お常のめんどうをみていたとも考えられる。お園にそれほどの義理はないはずなのだ。

「いや、ありがとう。それじゃせいぜい回向《えこう》をしておやんなせえ。旦那《だんな》、それじゃ開かずの間というのを、みせていただきましょうか」

「ご案内しましょう」

喜兵衛はあおい顔をしてさきに立った。

信玄袋の中

――二粒の丸薬におそろしい毒薬が――

もとかしくの部屋だった開かずの間は、裏二階のすみにあって、三畳と六畳の二間つづき。その六畳にはまだ雛《ひな》がかざってあった。

「お新はこれ、ここのところで血を吐いて死んでおりましたンで。……」

喜兵衛の指さすのは雛壇のすぐまえである。そこには辰もいったとおり、お銚子《ちょうし》が一本、盃《さかずき》がふたつころがっている。お銚子をふってみると、八分目くらい酒があるらしい。ここでお新がだれかと酒を飲んだとしても、せいぜい盃にいっぱいずつくらいのものだったろう。

盃のそばに剃刀《かみそり》が一挺《いっちょう》、冷たいいろを放っている。

「この剃刀は……？」

「お新のものでございます」

佐七は無言のまま雛壇をながめた。べつにりっぱな雛でもないが、それでもお内裏さまから右大臣左大臣、三人官女、五人囃子《ばやし》から仕丁とそろって、金蒔絵《きんまきえ》の諸道具も可愛かった。

佐七はなんとなくその雛に心をひかれて、上から下へとまじまじ見ていたが、そのうちに簞笥《たんす》の抽斗《ひきだし》がひとつ、少しひらいているのに気がついた。のぞいてみるとなにかはいっている。抽斗をひらいて取り出してみると、それは緞子《どんす》でつくった、まるで小人が持つような、小さな信玄袋《しんげんぶくろ》だった。

「おや、そんなものがどうしてそこに……」

喜兵衛はびっくりしたように眉をひそめる。

「見おぼえがございますか」

「はい、それは大森の宝屋《たからや》で売り出している奇妙丹《きみょうたん》の袋です。かしくは癪持《しゃくも》ちでしたが、この薬がいちばんよくあうと、持薬に持っておりましたが、それがどうしてそんなところに……」

そのころ、大森の宝屋で売り出していた、信玄袋いりの奇妙丹は有名な薬で、上りくだりの旅人は、大森をとおると、かならず宝屋へ立ちよって、小さな信玄袋を買ったものである。

佐七が袋をひらいてみると、なかには紙袋にはいった丸薬が六粒。

「旦那、これはあっしがおあずかりいたします」

と、佐七はそれをふところにいれると、

「それでは、ついでのことに、ちょっとお園さんに会っていきたいンですが」

「はい、では、どうぞ。……」

お園の部屋も裏二階にあったが、開かずの間とはちょうど反対の隅である。

喜兵衛はふたりを待たせておいて、部屋のなかへはいっていったが、そのとき、

鼻のひくい女郎が梯子段《はしごだん》から顔を出して、

「兄さん、ちょっと、ちょっと」

と、手招きする。

「よせやい、なんだい、お竹、親分がいらっしゃるじゃねえか」

さすがの辰もすっかり照れかげんである。

「そんなンじゃないのよ。ちょっと兄さんに、見てもらいたいもンがあるンだから さ」

「おい、辰つぁん、おまえのおのろけが話があるってよ。遠慮することはねえから いってやれ」

「なんだよ、お竹、話があるなら早くしろ。いってえどんな話だよう」

辰はわざとつっけんどんに当たりながら、それでもうれしそうに妓《おんな》のあとにくっ ついて、いっしょに梯子段をおりていった。

そこへ喜兵衛が出てきて、

「さあ、どうぞ。気分がわるいといって伏せっておりますものですから、そのおつ もりで。……おや、もうひとりの兄さんは?」

「なに、小便にでもいったンでしょう」

お園ははでな夜具のうえに、緋《ひ》の長襦袢《ながじゅばん》のうえから打ち掛けを羽織って坐《すわ》っていた。

「ご免くださいまし。親分さん、少しからだのかげんが悪いものですから、こんなうまいなりをして。……このまま失礼させていただきます」

なるほどお園はよい器量だ。ぱっと明るい顔立ちで、性質も陽気らしく思われるのに、きょうは妙に蒼《あお》ざめて、瞳《ひとみ》の色もうわずっている。むりもないこととも思われるが、ほつれ毛が二、三本、頬《ほほ》にちっているのも哀れふかく、色っぽい。

「いや、気分の悪いところを起こしてすまねえ。さっそくだが、おまえゆうべ死んだお新が、かしくの妹ってことを知らなかったかえ」

「いいえ、ちっとも。……さっき、お竹さんから聞いて、びっくりしてしまいました。なんでかくしていたんでしょうねえ」

お園はうつむいたままひくい声でこたえる。

佐七はじっとその顔色をよみながら、

「お園さん、いま聞きゃアおまえかしくのおふくろに、仕送りをしてたってねえ。それゃいってえどういうわけだえ」

お園ははっと顔をあげると、喜兵衛の顔色をうかがいながら、

「まあ、それじゃ、やっぱり杢兵衛さんがしゃべったンですね。いっちゃいけないと、さっきあれほど念をおしておいたのに。……」

「おまえ、杢兵衛にあったのか」

喜兵衛の声には不安のひびきがこもっている。

「はい、さっき挨拶《あいさつ》にきましたので。……」

「いや、そんなことはどうでもいいが、おまえがお常に仕送りをしていたわけというのは。……それをひとつ聞こうじゃねえか」

「はい、あの、かしく姐《ねえ》さんの遺言でしたので。……」

喜兵衛の顔にはまた不安の色が濃くなってくる。

「遺言……？　しかし、あの節、おまえはそんなことをいやアしなかったが……」

「はい、あの、べつにたいしたことでもないと思いましたので。……しかし姐さんは妹やおっ母《か》さんのことを、くれぐれも頼むと……」

ほろりと落ちるひとしずく、お園はあわてて涙を指でおさえている。

佐七はその顔から目もはなさず、

「そのときかしくはもっとほかに、なにかいやアしなかったかえ」

「いいえ、なんにも……」

と、打ち消したものの佐七はしかし、その語尾がかすかにふるえているのを、聞きのがさなかった。

「ときに、ゆうべのお新のことだが、それについて、おまえなにか知っちゃアいねえか」

お園は肩をすくめたまま、力なく首を左右にふった。佐七はまじまじとその顔色をみつめていたのち、

「いや、気分の悪いところをすまなかった。それじゃ、まあ、だいじにしねえ」

お園の部屋を出るとあいかわらず、あちこちから足止めくった客の苦情がきこえてくる。福島屋の迷惑もさこそと思われたが、まさかそう簡単にことは運ばない。いずれまた出直してまいりますと、それから間もなく福島屋を出ると、

「おい、辰つぁん、おまえのおのろけの話というのはなんだったんだい？」

「親分、それがちょっと妙なんです」

と、辰は声をひそめるようにして、

「お竹のかわいがってた猫が、きのうの昼頃からみえなくなったンだそうで。それで、お竹がやっきとなって探していたところ、さっき縁の下で、血を吐いて死んでるのがみつかったンです」

「猫が血を吐いたって……？」

「そうなんです。あっしも見ましたが、なんだかお新の死にかたに、似てるような気がして、ゾーッとしましたがね」

「猫はきのうの昼ごろから、見えなくなったというンだな。いってえ、それはどういうことかな」

その日、かえりに高輪の番屋へよってみたが、お新の客の権次はもうかえされて、そこにはいなかった。ついでに権次の家をきいて、牛町のほうへまわったが、そこにも権次はいなかった。

佐七はさらに馬喰町の相模屋へよってみたが、駿河屋も商用で宿をでたきりでかえっていなかった。

佐七はしばらく待ってみたが、なかなかかえりそうにないので、諦《あきら》めてそこをでると、下谷長者町《したやちょうじゃまち》の良庵《りょうあん》さんのところへよって、信玄袋をあずけてかえった。

良庵さんは有名な医者だが、その夜の五つ（八時）ごろ、佐七のところへとどいた報告によると、信玄袋のなかにあった丸薬六粒のうち、ふた粒のなかにおそろしい毒が、仕込まれているということだった。

佐七はその報告を読むとにっこり笑い、それまで引きとめておいた辰をうながすと、ふたたび品川へとってかえした。

ふたつの盃

――お園、おまえはよう辛抱したなあ――

その夜、佐七が辰をひきつれ、福島屋へとってかえしたのは、もうかれこれ四つ(十時)過ぎ。福島屋は内も外も、蜂の巣をつついたような騒ぎだった。

朝から足止めをくらった連中がブーブー、ガヤガヤ、なかにはむりにかえろうとする客を、男衆や出入りの鳶頭《かしら》が、必死となってなだめているのを、表に立った野次馬が、わいわい囃《はや》し立てているのだから、福島屋のまわりは鼎《かなえ》の沸くような騒ぎである。

その野次馬をかきわけて、佐七が辰とともに暖簾《のれん》のしたから顔をのぞけると、ちょうどそこに居合わせた、胴抜きすがたのお竹がみつけて、

「あら、兄さん、よかったわ。よいところへきておくれだったわねえ」

「お竹、なにかあったのかい」

「さあ、それがねえ、兄さん」

お竹がなにかいいかけるのを、若い者が袖《そで》を引きとめ、

「お竹さん、お竹さん」

「なに、かまうもンか。あんな小僧っ子にゆすられちゃたまらないよ。それにこちらの親分は、血も涙もあるおかたとやら。悪いようにはなさるまいよ」

佐七はわらいながら、

「あっはっは、お竹、いやにおだてるが、なにかあったのかい。駿河屋の旦那《だんな》がきていなさるンだろ」

「はい、その駿河屋の旦那のあとをつけて、牛町の権次がやってきたンです。そして、お園さんの部屋へ旦那やおかみさんを呼びつけて……」

「お竹さん、お竹さん、いけないよ。旦那がだれもきちゃアいけないと、きつうおっしゃったンだから」

「兄哥《あにい》、心配するな。おれがいいようにしてやる。辰つぁん、おまえはこの妓としんみり話がしてえンだろ。権次のやつはおれひとりでたくさんだ。おめえは早えとここの妓と引けてこい」

「おっと、ありがてえ。へっへっへ、だからあっしゃ親分が好きさ。さあ、お竹、

いこうかねえ」

大納まりにおさまった辰をのこして、佐七が二階へあがると、お園の部屋からお園のすすり泣きの声にまじって、権次の凄《すご》んだ声がきこえてくる。

佐七はしばらく障子の外に立って、権次のならべる台詞《せりふ》をきいていたが、それはだいたいこうもあろうかと、佐七が想像してきたとおりであった。

佐七はよいまを見計らって、がらりと障子をひらくと、

「おい、権次というのはおまえか、おつに凄んでみせるじゃねえか」

権次はどきっとしたらしかったが、すぐ鼻のさきでせせら笑うと、

「旦那、これでいいンですか。こっちはなるべく穏便に、はかろうと思っていたンだが、これじゃなにもかもぶちこわしですぜ」

佐七のすがたをみて、喜兵衛夫婦も顔見合わせて、いかにも迷惑そうである。

駿河屋はあおい顔して、しきりに唇をかんでいる。

「ぶっこわしか、ぶっこわしでねえか、おれが裁く。おまえたちの口出しする幕じゃねえ」

佐七はそこへ坐《すわ》ると、

「もし、おまえさんが駿河屋さんか。なるほどこれじゃ、妓《おんな》のほうから惚《ほ》れるもむ

りはねえ。あっしゃもっと年寄りかと思いましたよ」

駿河屋源七は三十五、六の男盛り、色の小白い、ゆったりとしたいい旦那である。

佐七はお園のほうへ向きなおり、

「お園さん、おまえなぜほんとのことをいわねえンだ。おまえがかくしているから、こんな小僧にゆすられるンだ。お新が死にゃだれにもはばかることはねえ。かしくを殺したのはだれだったのか、かまうことはねえから、みんなぶちまけてしまいねえ」

「あれ、それじゃ親分さんはご存じで」

「知ってるさ。お常は死ぬとき、おまえに仕送りされてたことを打ち明けて、生涯恩を忘れるなと、お新にいったというじゃねえか。ところで、かしく殺しの疑いを、いちばん濃くうけたのはおまえだ。そのおまえが仕送りすれば、お常はいよいよおまえを疑うのが当たりまえ。それをすこしも疑わなかったというのは、お常はかしく殺しの下手人を知ってたからだ」

「親分、そ、そして、その下手人とは？」

「旦那、お常でしたよ」

「な、な、なんですって！」

「おまえさんたちがおどろくのも無理はねえが、お常はかしくに別れにきたとき、かしくの持薬の奇妙丹を持ってきたが、そのなかに毒が仕込んであったンです。夜中にかしくはさしこんだので、なにもしらずに、それを飲んだがこの世の名残りでしたよ」

「そ、そして、お園はそれを知っていて……」

「旦那、すみません、このことばかりはひとにいってくれるな、こんなことがわかったら、お新が生きちゃいまいからと、死ぬまぎわに姐さんから、くれぐれも頼まれましたので。……」

お園はわっと泣き伏した。

「それでおまえはひとの来ぬまに、あわてて薬を、雛《ひな》の箪笥《たんす》にかくしたンだね」

お園は泣きふしたままうなずいた。

「しかし、お新がどうしてそれをみつけたンだ」

「それはあたしが悪かったンです。一年ぶりにお雛さまが出たので、あの薬はまだあるかしらと、そっと箪笥をひらいてみたンです。薬はまだありました、そのとき、わたしはあおくなってふるえていました。それをお新ちゃんが見ていたらしいンです」

「なるほど、それであとから、薬を取りだし、昼間、お竹の猫でためしたところが、ころりと猫が死んだので、いよいよおまえを疑ったンだな」

お園は泣きじゃくりしながらうなずいた。

「そこでおまえを夜中に呼びだし、剃刀《かみそり》でおどして毒を飲ませようとしたところが、まちがって自分がのんでしまったのか」

「いいえ、そこはちょっと違います」

「どうちがうンだ。いいからなにもかもいっちまえ」

「はい……」

と、そこでお園が涙ながらに、語ったところによるとこうである。

ゆうべお園が駿河屋と、枕をならべてねているところを、お新にたたき起こされたのは、真夜中もとっくにすぎた八つ半（三時）ごろのことだった。

お園はあいての顔をみただけで、ギョッとした。目がつりあがり、瞳《ひとみ》が憎しみにもえていた。

だいいち真夜中に、女郎が他の女郎と客がねているところへ、むだんで押し入ってくるということすら、気ちがいざたというべきだのに、お新は磨《と》ぎすました剃刀をもっていた。そして、あちらの部屋へ顔をかしてほしいというのだが、いやだといったら、なにをやらかすかわからぬという、危険な、思いつめた顔色だった。お園がギョッとおびえると同時に、はたと当惑したというのは、そのとき駿河屋もお園も一糸まとわぬ素っ裸であったのみならず、駿河屋のたくましい腕はお園の肩を抱いており、駿河屋のふとい脚はまだお園の太股《ふともも》にからみついていた。

いったい駿河屋源七という男は、ふだんはいたって鷹揚《おうよう》な男で、お園が心をこめてもてなすと、それで満足して寝てしまう男だった。女郎を脱がせてしまうような客ではなかった。ところがゆうべは勝手がちがっていた。ゆうべのかれは気が狂ったように情熱的で、じぶんも脱ぎ、お園もはだかにしてしまったうえ、あらゆる無理難題をふっかけた。

ゆうべはかしくの一周忌。非業に死んだかしくの、死の原因がハッキリしないだけに、駿河屋には不愍《ふびん》な想いが尾をひいていた。それともうひとつ、それから縁をひいて駿河屋の愛情は、ちかごろしだいにお園にかたむき、こととしだいによっては、お園を身請けしていこうという話が進んでいる。

しかし、この話にお園のほうが、二の足を踏んでいるというのは、それではいよいよ、痛くない肚《はら》をさぐられはしないかと、世間の思惑をおそれたからだが、しかしお園も駿河屋を、憎からず思っていることはいうまでもない。

だからゆうべははじめから、

「今夜はふたりぶん相手になっておくれ。おれもそのつもりで、思うぞんぶん苛《いじ》めてやるから、その覚悟でいろよ」

男はその宣言どおり、初手から力いっぱい女を抱きしめ、男の神髄を発揮してあますところなく、荒れに荒れて荒れくるった。お園は男が荒れ狂えば狂うほど心うれしく、女の真情を吐露して吝《お》しまなかった。

こうしておよそ一刻《いっとき》（二時間）あまり、引きまわした屏風《びょうぶ》のなかには、見栄《みえ》も虚飾もかなぐりすてた、男と女のかもしだす、もの狂おしい情熱の香がたてこめて、お園はいくどか男のからだにつつまれたまま、気が遠くなりそうなのをおぼえた。

男がやっとお園のからだを解放したのは、八つ半（三時）ちょっとまえのことだったが、

「おれはこれからひと眠りするから、おまえもここでトロトロしな。だけどいっとくがな。今度おれが目がさめたとき、いまのままの姿でねていねえと承知しねえンだから。あっはっは」

男は駄々っ児のように咽喉《のど》のおくで笑うと、脚と脚とをからみあい、枕のしたにまわした左手で、ぐっと女を抱きよせると、寄りそってきた女の乳房を愛撫《あいぶ》してい

るうちに、疲れがでたのかやっと眠りにおちいった。

「うっふっふ、憎らしいひと。罪のない顔をして……」

お園は上半身をおこして、男の頬《ほ》っぺたに口づけしたが、さて男のいいつけだからそのままの姿で、われから男の太股にふかぶかと脚をからむと、やっとトロトロしはじめたところをお新にたたき起こされたというわけである。

お園はてっきり、お新は気がふれたのだと思った。

お園の頭にまずいちばんにきたのは、いとしい男の身の安全ということである。さいわい男はなんにもしらずにすやすや寝ていた。それを起こさぬように、そっと寝床からぬけだしたとき、お新は底意地のわるい目で、ジロジロお園の裸身をみていた。お新はおそらく屏風の外で息をひそめて、男が寝入るのを待っていたのであろう。

お園の身支度ができるのを待って、お新は剃刀をひらめかしながら、お園を開かずの間へつれこむと、そこではじめて、じぶんの素性を打ち明けたというのである。

「お新ちゃんは昼間猫でためしてみて、あの丸薬に毒のはいっているのと、そうでないのとふたとおりあることを知ってたンです」

「ふむ、ふむ、それで……？」

「それでお新ちゃんは毒のと、毒でないのをふたつの盃《さかずき》にとかして、どっちがどっちかわからぬようにして、あたしに先《さ》きに盃をとれというンです。毒の盃にあたったほうが不仕合わせ、もしじぶんがそれに当たって死んでも、それは不運と諦《あきら》めて、だれも恨みはしないからと……」

これには佐七をはじめそこにいる一同は、おもわず目をまるくして顔見合わせた。

「なるほど、お新はおまえを姉のかたきと、いちずに思いこんでいたが、いっぽう、おふくろの遺言もある。そこでひと思いにおまえを殺すわけにもいかず、じぶんのいのちとおまえの命を運否天賦《うんぷてんぷ》、盃にかけたというわけだな」

佐七がため息をつくようにいうとお園もうなずいて、いまさらのように身ぶるいをする。

「お園、おまえはそのとき、なぜほんとうのことをいってやらなかったンだ。そういうおまえのおふくろこそ、かしくを殺した下手人だと……」

喜兵衛がくやしそうに歯ぎしりするのを、お園は首をよこにふりながら、

「旦那《だんな》、それぱっかりはいえません。それじゃあんまりお新ちゃんがかわいそうです。それにそれをいっても、お新ちゃんが信用してくれたかどうか。……あたしはもうなにもかも諦めました。所詮《しょせん》、こうなるのがじぶんの運命なのだと思いきめま

した。あたしは盃をとりました。お新ちゃんものこった盃をとりました。そしてふたりいっしょに飲んだところが……」

「お新が毒に当たったたンだな」

「はい、まもなくお新ちゃんが苦しみだして、あっというまに血を吐いて、息がたえてしまったンです。それはもう強い毒で、どうするひまもありませんでした。あたしはもう気が狂いそうで、どうしてよいか思案もうかばず、とりいそぎ丸薬のはいった袋をもとどおり、お雛様の箪笥のひきだしのなかにかくしておいて、部屋から外へ逃げだすところを、ここにいる権次さんに見られてしまったンです」

「しかし、お園」

　駿河屋は夢に夢見るような顔色で、

「お常さんはなんだって、かしくを殺してしまったンだ。お常さんも妹のお新も、あとから沼津へ呼ぶことになっていたンだ。そのかしくに死なれちゃア、みすみす困ることぐらい、わかりそうなもんじゃアないか」

「旦那、そこが人の心のむずかしいところでございますわね」

　と、女房のお福がため息ついて、

「こんなこと、かしくはひとことも申しませんでしたが、わたしにゃちゃんとわかっておりました。生《な》さぬ仲のかしくがあのとおりの器量よしで、親思い妹想い。お常さんにはそれがかえって、いまいましくってくやしくって、たまらなかったのでございますよ」

「そのかしくが玉の輿《こし》にのりそうになったので、くやしまぎれにお常が一服……いや、そこまではこのわたしも、考えがおよびませんでした」

と、喜兵衛もため息ついてふかぶかと頭《こうべ》をたれた。

「お園、おまえはそれを知っていたのか」

と、いう佐七の問いに、

「お常さんはうわべは姐さんを、舐《な》めるように可愛がっておいでなさいましたが、姐さんと姉妹《きょうだい》どうようにしていたあたしには、お常さんの心がよくわかっておりました。あるときそれを姐さんにいうと、姐さんはわっと泣き出し、それぱっかりはだれにもいってくれるなと……」

「お園、それでもおまえはそのお常に、仕送りをつづけていたのか」

「はい、いまわのきわの姐さんの遺言でございましたから……」

「お園！　おまえは……おまえはよう辛抱したなあ」

たまりかねたように駿河屋が、泣きふすお園を抱きしめるのをみて、佐七はにっこり喜兵衛夫婦をふりかえった。

「旦那、おかみさん、こちとらはここいらで、引き退《さが》ったほうがよさそうですぜ。やい、権次、こんどばかりはみのがしてやる。さっさと消えてなくなりゃアがれ」

廊下へ出ると喜兵衛夫婦が、

「親分、なんにもいわぬ、このとおりです」

と、佐七にむかって手をあわせた。

辰五郎がだれの意見にも耳をかさず、みずから船宿の船頭から足をあらい、佐七の身内に身を投じたのは、この一件があってからまもなくのことである。

歎きの遊女

中で目立ったひょっとこ面

――騒ぎのあとには死人がひとり――

「親分、いかがです。へへへ、ひとつ当たってみやしょうか」

「なんだえ、辰」

「お隠しなすってもいけません。むこうの花のかげで、女中あいてに茶をたてているご新造、いい女じゃありませんか。あれなら親分が、魂をスッとばしても恥ずかしかアねえ。あれ、いやだな。ほら、ほら涎《よだれ》が垂れますぜ」

「ばかなことをいやアがる。ひとが笑うぜ」

にが笑いしたのは人形佐七。

去年にわかに、パッと売り出した佐七は、いまでは巾着《きんちゃく》の辰という乾分《こぶん》もある。腰巾着の辰、すなわち巾着の辰である。

佐七は辰にからかわれて、人形のような頬を染めたが、それでもまんざらでもなさそうに、

「辰、それにしてもありゃ何者だろうな。どうせ堅気じゃあるまいが、お囲いもンかな」

「へへへ、よっぽど気になるとみえますね。どれ、この巾着の辰が使いやっこになって、お伺いを立ててきますべえか」

「ばか、みっともねえまねはよしねえ。いいから、もう少し、ここでようすを見ていろ」

ご近所の義理で、柄にもなく飛鳥山《あすか》へ、お花見にと繰りこんだ佐七だった。

だが、なにがさて当時の飛鳥山ときたら、「八笑人《はっしょうじん》」にもあるとおり、賑《にぎ》やかなとか騒々しいとかいうだんじゃない。まるでもう気が狂ったような騒ぎ、おまけに佐七の連中ときたら、神田でうまれて、神田でそだった生えぬきの江戸っ児、遊び好きの、酒落《しゃれ》好きの、芸人ばかりそろっていたから、やれ芸尽《ず》くしだの茶番だのと、うっかりつきあっていると頭痛がしそうだ。

いいかげんに座をはずした佐七は、気に入りの乾分、巾着の辰五郎というのをつれて、いましも、ひとかげまばらな花の下で、いい気持ちに酒の酔いをさましているところだった。

その佐七の目に、ふとうつったというのが、少し離れたむこうの花の下で、女中あいてに静かに茶を立てている女、年は二十二か三か、まったく水の垂れそうないい女だ。

どう見ても素人とはみえないが、それでいて、どこかきりりとしたところがあり、といっておつに澄ましているのでもない。さんざ道楽をしぬいた佐七でさえが、おもわず見惚《みと》れるほどの女振り。

「親分、これからむこうへ押しかけて、茶の所望をしようじゃありませんか。どうせ花見の席は無礼講だ。親分はあの新造と話をしなせえ。あっしゃ女中のほうに当たってみやすから」

「なにをいやアがる。ああして茶を立てているところをみると、待ち人があるにちがいねえ。ばかをすりゃとんだ赤っ恥をかくぜ。ほら、みろや、むこうのほうでも、じっとあの女をみているお侍があらあ」

なるほど、少しはなれた花の下から、五十がらみの浪人ていの侍が、編み笠《がさ》片手に、じっと女のほうを眺めていたが、なんとやら、その目付きが佐七には気になった。

「なあに、ありゃなんでもありませんのさ。お侍でも浪人でも、いい女はやっぱりいい女だ。それにしても野郎、年甲斐《としがい》もなく涎の垂れそうなつらアして、気のくわねえさんぴんだ」

「ばか、大きな声をしやアがって、きこえるぜ」

佐七があわててとめたが遅かった。浪人は鋭い目でジロリとこちらをみると、すっぽりと編み笠をかぶりなおして、逃げるように去っていく。

「それみねえ、だからいわねえことじゃねえ」

佐七はさすがに気の毒に思ったが、酒の元気で辰はいっこう平気なものだ。

「はっはっは、逃げていきやアがった。聞こえたってかまうもンか。それより、親分、あ、いけねえ、いつのまにか、先客がとび込みやアがった」

なるほどみれば、例の女のそばへ、そのとき、足許《あしもと》も危なくよろよろと、転げこんだ男がある。紺かんばんに下帯一本、ふうの悪い折助《おりすけ》が、酔いにまぎれて悪ふざけをしているらしく、女はきっと柳眉《りゅうび》を逆立て、いずまいを直した。

「そうら出やアがった。親分、いまだ。おまえさんがあの女を助ける。女のほうからほの字とくらあ。お誂《あつら》えむきの人情本さね」

「なにをいやアがる。ばかも休みやすみいえ」

なんとやら、さっきの浪人の目つきが気になる佐七は、依然無言のまま、むこうのようすを眺めていたが、折助の悪ふざけは、しだいに露骨になってくる。もうこれ以上、捨ててはおけない。佐七が腰をあげようとしたときだ。

女の肩にしなだれかかった中間《ちゅうげん》が、なにやら、その耳にささやいたかとおもうと、いままで逃げ腰になっていた女が、ハッとしたようすで、あいての顔を見直したから、おや、こりゃ風向きが変わってきたぞと、佐七がおもわず二の足を踏んだのが、あとから思えばそもそも間違いのもと。

ちょうどそのとき、むこうの花のふもとから、わっしょい、わっしょいと肩組みあって踊り出してきたのは、十五、六名の若いもの、揃いの衣裳《いしょう》に、めいめい花見のお面や目かつらをつけたのが、いきなりわっと女と中間のまわりを取り巻くと、手を握るやら、しなだれかかるやら、だんごのように揉《も》みあって、いやもう、たいへんな騒ぎになった。

なかでもひとり、ひょっとこの面をかぶっている男、そいつだけ衣裳がちがっているのだが、それがひとりで暴れているのが目についた。

「畜生ッ、いやなわるさをしやアがる」

「だからいわぬこっちゃねえ。親分がはやくとび出さねえからですよ」

だが、その騒ぎもながくはつづかなかった。さんざっぱら暴れまわった若いものが、わっと歓声をあげて、四方に散ったあとには、女と女中と、例の紺かんばんの三人だけ。

佐七はふいにはっと顔色かえ、

「おい、辰、いま逃げていったやつを引っ張ってこい」

「へえ」

「へえじゃねえ。人数はたしかに十五、六人、のこらずここへ引っ張ってくるんだ」

いいも終わらず、たたたたたと女のそばへ駆け寄って、

「ご新造、こ、これはいったいどうしたンですえ」

「はい」

さっきの騒ぎで逆上したのか、ほんのりと顔を染めた女は、女中とふたり、瘧《おこり》が落ちたようにきょとんとしていたが、佐七に指さされてひとめ、中間のほうへ目をやるや、

「あれえっ」

と、叫んで、女中のからだにしがみついた。

むりもない。中間の咽喉《のど》にはぐさりと一本、銀簪《かんざし》が、深く食いこんで、あたりはいちめん唐紅《からくれない》。むろんすでにこときれていた。

「野郎、やりやアがったな」

それとみるより巾着の辰、尻端折《しりはしょ》っていちもくさんに駆け出した。

風呂敷の中は血塗れ獄衣

——中間のことばに顔色が変わった——

さあ、たいへんだ。

花見るひとの長刀どころの騒ぎじゃない。げんにここにひと殺しが行なわれたのだ。しかもじぶんの面前で、あっというまに演ぜられたこの惨劇に、佐七が地団太ふんで、くやしがったのもむりはない。

ちょうどさいわい、おりから与力の神崎甚五郎《かんざきじんごろう》が手先をつれて、このまわりに出《で》廻《まわ》っていたが、騒ぎを聞きつけてすぐ駆けつけてきたので、花見の席はたちまち、取り調べの場と早変わりをする。

女の名はお粂《くめ》、としは二十三、親も親戚《しんせき》もなく、そこにいるお銀《ぎん》という、ことし二十五になる女中のほかに、数人の女とともに、お茶《ちゃ》の水《みず》に住むものとばかり、それ以上、多く語ることを好まないらしいところをみると、最初、佐七がにらんだとおり、お囲いものかなにかであろう。

「ところで、お粂とやら、この男に見覚えがあるか」

「いいえ、それがいっこう。お銀、おまえ知っておいでかえ」

「いいえ、わたしも、いっこうに存じませぬ」

女中のお銀というのは、いかにもしっかりものらしい中年増《ちゅうどしま》だったが、これも唇をふるわせて否定する。

「でも、ご新造、この簪はたしかおまえさんのものでしたねえ」

「あれ」

女はおもわず頭に手をやって、

「まあ、それではさっきの騒ぎのあいだに、だれかが抜きとったのでございましょうか」

「ふうん、すばしっこい真似をしやアがる。しかし、おまえさん、ほんとうにこの男に見覚えはありませんかえ」

「はい、いっこう。ふいにここへ躍りこんで、なにやらいやらしいことばっかり」

「そいつはおいらもむこうから見ていたが、こいつなにか、おまえさんにいやアしませんでしたかえ」

「え？」

「いや、これはおいらの当て推量だが、こいつのことばでおまえさんの、顔色が変わったようにみえたからさ」

女はハッと顔色を動かしたが、

「いえ、あの、それは親分のお目ちがいでございましょう。いっこうそのような覚えは」

「ないといいなさるか」

「はい」

「なるほど、するとおいらの思い過ごしか。いや岡っ引きというやつは、疑《うたぐ》り深いものと思いなさるだろう。はっはっは。ときにここにある風呂《ふろ》敷《しき》包みは、おまえさんがたのものですかえ」

佐七は踏みにじられた緋《ひ》毛氈《もうせん》のうえから、垢《あか》じんだ浅黄《あさぎ》色の風呂敷包みをとりあげた。

「ああ、それならそこにいるそのひとが、持ってきたものでございます」

女中のお銀が倒れている中間を指した。

「なるほど、この野郎のものか。旦那《だんな》、なかを調べてもかまいませんか」

「よかろう、開けてみろ」

甚五郎の許可《ゆるし》に、手早く結び目をひらいた佐七は、風呂敷のなかから出てきたしろものをひろげてみて、おもわずハッと顔色をかえた。

なかみは水浅黄色の単衣《ひとえ》いちまい、しかもこれがただの単衣ではないのである。その両脇には、槍《やり》でついたような孔《あな》がひとつずつあいていて、しかもそこから脇腹へかけて、べっとりと黒い血がしみついている気味悪さ。

「なんだ、こりゃお仕置き人の獄衣じゃないか」

さすがの甚五郎も、職掌柄なれているとはいえ、あまり意外なしろものに、おもわず顔をほかへそむけるのだ。

「旦那、そうらしゅうござんすね」

品《しな》もあろうに三尺高い木のうえで、ありゃりゃという非人の掛け声もろとも、処刑をうけた仕置き人の、不浄の獄衣というのだから、この花のお山の出来事にしちゃ、あまり話がかけはなれている。佐七が顔色をかえたのももむりではない。

おりからそこへ巾着《きんちゃく》の辰が、さっきのさわぎの十数名、揃いの衣裳《いしょう》のわかいものを、まるで金魚のうんこのように、ゾロゾロあとに従えてかえってきた。

撫子浴衣にひょっとこの面

――その東雲はわたくしでございます――

「親分、やっと探してきやした。ひでえ野郎どもじゃありませんか。またむこうのほうで、さんざん暴れていやアがるんです」

みちみち辰の口から、このおそろしい出来事を聞きしったとみえて、総勢十五名のわかいものは、さっきの勢いはどこへやら、酒の酔いもさめはてて、青菜に塩とばかり、すっかりしょげきっている。

「旦那え、どうもすンません。いま承りますすと、とんだことが持ち上がりましたそうで。まさかあっしらの仲間に、そんなだいそれた真似をするやつはあるまいと思いますが、どうぞご得心のいくようお調べ願います」

なかで頭《かしら》立ったのが、いたみいって頭をかいた。

この一行は下谷練塀町《したやねりべいちょう》にすむ棟梁《とうりょう》、染五郎《そめごろう》というものの身内の連中で、みんな素性のわかったものばかり、酒のうえからついあんな悪戯《いたずら》をしたが、だれひとり、殺された男を見知っているものはないという。

「それにしてもふしぎですね。おまえさんたちが暴れ込むのを待ちうけたように、こんな騒ぎが起こったンですから、あまり平仄《ひょうそく》があいすぎましたね」

「いや、そのお疑いはごもっともで、それについてここへくるみちみち、みんなと話し合ってみたんですが、おい、留《とめ》、ここへ出ろ、てめえからさっきの話を申し上げてみろ」

「へえ、へえ」

一同のなかから現われたのは、大工にはおしいような、ちょっと凄味《すごみ》のあるいい男、小博奕《こばくち》でも打ちそうなやつが揉《も》み手をしながら、語ったところによると――

あの騒ぎの起こる少しまえのこと、染五郎の身内十五名のものは、少しはなれたむこうの桜の下で酒宴を張っていた。持ってきた酒もあらかた片づけて、みんなもういいかげんに酔っ払って、なかには管を巻くやつ、鼻唄《はなうた》をうなるやつ、留吉《とめきち》はひとり離れて、ぼんやりと風をいれていると、そこへやって来たのが、ひょっとこの面をかぶった男で、

「兄哥《あにい》、どうしたい、ひとつついこう」

と、なれなれしく盃《さかずき》をさした。

面をかぶっているから人相はわからないが、衣裳がちがうから、むろん身内のも

のではない。しかし、花の山にはよくある慣《なら》い、留吉も遠慮なく盃をうけ、しばらくふたりでいい気持ちになって、さしつさされつしているうちに、

「おい、兄弟、むこうのほうに、そりゃ凄いような新造がいるから、ひとつあの女を、からかってやろうじゃないか」

と、そいつがいい出したのである。

「よかろう。そいつはおもしれえ」

留吉が勢いこんで、他の連中を誘うと、そこはみんな若いもの、ましてはお神酒《みき》がいいぐあいに廻《まわ》っているのだ。たちまちわっと沸き立って、ああいう騒ぎがはじまったのである。

「それで、そのひょっとこ面の男はどうしましたえ」

「それがわからねえンで。ここで揉み合っているときにゃ、たしかにいたんですが、あん畜生、いつの間にやら消えちまやアがった」

むろん当の留吉が知らぬくらいだから、他の連中に心当たりがあろうはずはなかった。

しかし、留吉の話に、うそがあろうとは思えない。げんに佐七はじぶんの目で、ひょっとこ面の男がひとり、暴れているのを目撃しているのだ。他の連中が団子つ

なぎの揃いの衣裳を着ているのに、そいつだけが、撫子の浴衣をきていたのも覚えている。

念のため、十五人の体をしらべてみたが、だれもひょっとこの面を持っているものはいなかった。こうなると佐七も困《こう》じ果てる。

みんな悪いことをしたのには違いないが、それとて、法に触れるほどのことでもない。花の山で女をからかうぐらいのことはありがちなこと。あいてに危害でも加えたというならともかく、そうでもないのだから、罰しようにも罰しようがない。と、いって、下手人にたくみに利用されたからには、係《かか》り合いたるはまぬかれぬ。

佐七は与力の神崎甚五郎とも、よく相談したあげく、

「よくわかりました。おまえさんがたにゃ、おぼえがないとしても係り合いだから、町内預けぐらいのことは、覚悟してもらわにゃなりません」

「へえへえ、どうも恐れ入ります」

「ところで、その沙汰《さた》は追ってのこととして、きょうのところ、おまえさんがたにひとつ頼みがある」

「へえ、そりゃもう、どんなことでもいたします」

「頼みというのはほかでもない。おまえさんがたで手分けをして、これから撫子浴

衣に、ひょっとこ面の男を探してもらいてえンで」

「ああ、そんなことなら造作ありませんや。おい、みんなきいたか、撫子の浴衣にひょっとこ面の男だよ、それ、行け」

頭立ったやつの命令に、若いものがバラバラと散ったあと、なに思ったのか留吉のみは、妙にもじもじしながらあとに残っていたが、

「親分え、じつアさっき、申し忘れたことがございますンで」

「なんでえ、留さん」

「へえ、じつはさっき、ひょっとこ面の男がこう申しましたンで、むこうにいるのはありゃ、元吉原《よしわら》の玉屋《たまや》で全盛をうたわれていた、東雲《しののめ》という太夫だとこう申しますンで。なんせ東雲太夫なら、こちとらのようなもンでも、名前ぐらいは知っていようという名高い花魁《おいらん》、それでつい、ああいう悪戯をやっちまったんでございます」

「なんだえ、東雲太夫だと」

東雲太夫なら佐七もその名をしっている。

二東三文のはした女郎とちがって、いわゆる大名道具、花魁の価値のだいぶさがったそのころでも、東雲太夫といえば、嬌名《きょうめい》一世にうたわれたものである。

佐七もかねて、名前を聞いていたからおどろいて、

「して、して、その東雲太夫はどこにいるンだ」

「はい、あの、その東雲はわたくしでございます」

お粂がそのとき、ポーッと頬をそめ、白魚のような指を緋毛氈《ひもうせん》のうえについたから、佐七は二度びっくり、佐七がおもわず見惚《みと》れたのもむりはない。この女こそ、一世を風靡《ふうび》した遊女、東雲の成れの果てだったのだ。

奇怪なるお迎え輿
——騙されてうれしいのは人形佐七——

お茶の水と神田お玉が池といえば、つい目と鼻のあいだ、そのちかまにあんな美しい女が住んでいたのかと、佐七はいまさら、じぶんの迂闊《うかつ》さが腹立たしくなってくるくらいだ。

あれからというもの、佐七の目にはお粂の面影がちらついて離れない。これを大げさにいうと、寝ては夢、起きてはうつつまぼろしのというやつである。

岡っ引きが女に惚《ほ》れたというと、いささか話が妙だが、岡っ引きとて牛身のからだ、ましてや血の気の多い人形佐七、しかもうまれつきどういうものか、女にはいたって目のないほうだから、佐七がそれ以来、東雲花魁のまぼろしに、いちじにポーッとしてしまったのも、これまたむりのない話。

飛鳥山のひと殺しは、ついに下手人はわからずじまい。下手人はおろか、被害者の身許《みもと》さえ判明しないのである。

染五郎身内の若いものが、せっかく手分けして山中を狩り立ててみたけれど、むろんそのころまで、目印の衣裳《いしょう》、お面でうろついているほど、犯人は愚かなやつではなかった。

見つかったのは、桜の枝にブラ下がっていた撫子《なでしこ》の衣裳と、ひょっとこの面ばかり、それがあたかも佐七の愚を、嘲笑《ちょうしょう》するかのように風に吹かれているのを、若い衆のひとりが発見したのである。いうまでもなく下手人は、はやくも衣裳をかえて逃走したのである。

場所は飛鳥山だから、佐七はかならずしもこの事件に、責任をもつ必要はなかったのだが、しかし、なんといってもじぶんの眼前で、行なわれた事件だけにくやしさは一杯。

それに気にかかるのはお粂の身辺だ。事件は偶然、お粂の身辺で演ぜられたのだろうか。それとも、お粂になんらかの係わりあいがあるのだろうか。

佐七にはどう考えても後者のように思われる。花のかげから、お粂のほうを見ていたあの浪人ものの目つきといい、はたまた、折助のもっていた風呂敷《ふろしき》包みのなかから出てきた、あの気味悪いお仕置き人の血まみれ獄衣といい、あのうつくしい遊女の身辺に、なにかしら容易ならぬ悪企《わるだく》みが、計画されているように思われてならぬ。

ああ、あの女の力になってやりたい。そしてこのおそろしい事件から、あの女を救ってやりたい。あれから三日、佐七が寝てもさめてもそんなことを考えているところへ、乾分《こぶん》の巾着《きんちゃく》の辰が、風のように舞いこんできた。

「親分、たいへんだ。留吉の野郎が姿をかくしやアがった」

「なんだ、留吉の野郎が逃《ず》らかったと？」

「そうなンで、あっしゃはなからあの野郎を、臭いとにらんでいたんです。大工のくせに、いやに目つきの鋭い野郎で、それに極内《ごくない》で、小博奕《こばくち》にも手を出しているという話もあります」

「よし、支度をしろ」

佐七がすっくと立ち上がったときである。表へとまった駕籠《かご》一挺《いっちょう》、音羽のこのしろ吉兵衛が急病だから、すぐこの駕籠できてくれという口上である。

おりもおり、佐七はちょっと眉《まゆ》をひそめたが、このしろ吉兵衛といえば、佐七にとって親代わりの恩人だ。御用も御用だが、このほうも捨ててはおけぬ。

「おい、辰や、聞いてのとおりだから、おれアちょっと音羽のほうへ顔を出して、それから下谷へまわるから、てめえひとまず染五郎のほうへいってろ」

「おっと、合点。音羽の親分によろしくいっておくんなさい」

巾着の辰が尻端折《しりはしょ》ってとび出したあと、佐七が表へ出てみると、迎え駕籠というのは辻《つじ》駕籠ならぬ、りっぱな朱塗りの駕籠。

「おや、これがおいらの駕籠ですかえ」

「へえ、ちょうどほかのが出払ってましたもンで」

ふかくも怪しまず佐七はその駕籠にのったが、しばらくいってふと外をみると、どうやら方角がちがっている。

「おや、若え衆。こりゃ道がちがやアしねえかえ」

「お静かになさいまし」

駕籠の外からこたえたのは、意外にも女の声だった。

「え？」

「けっして悪いようにはいたしませぬ。仔細《しさい》あってあからさまに、おまえさんをお迎えすることのできぬもの。いつわりを申して申しわけございませんが、どうぞ黙って乗っていてくださいまし」

それからあとはうんともすんとも答えない。ただ、ひたひたと草履《ぞうり》の音が、駕籠のそばにきこえるばかり。

「ふうん、こいつはおもしろくなってきたわい」

佐七は駕籠のなかで腕をくんだまま、黙りこくって成り行きにまかしている。

やがて駕籠は大きなお屋敷のなかへはいった。玄関からそのまま座敷へ通される。そこでドシンと息杖《いきづえ》をおろすと、

「あ、お連れ申してくれましたかえ」

と、聞きおぼえのある女の声、佐七はそれをきくとおもわず、ぎょっとして、全身が火のようにほてるのを感じたが、やがてスラリと駕籠の戸を外から押しひらき、

「親分さん、無礼なお迎え、どうぞ堪忍してくださいまし」

駕籠のまえに手をつかえたのは、佐七が夢にも忘れることのできぬ、遊女東雲のお粂だった。こんな嬉《うれ》しい迎えなら、いくら騙《だま》されてもいいとばかり、佐七のやつ、

おもわずポーッとなりやアがった。

ふしぎなお粂の身の上噺

――素性を知りたくば飛鳥山へ――

「花魁《おいらん》、いやさ、お粂さん、こりゃいってえどうしたことでござんす。用事があるならそういってくださりゃ、すぐにもとんでめえりますものを、おまえもよっぽど物好きじゃねえか」

「なんとも申しわけございません。でも、これにはいろいろ仔細のあること、親分さん、どうぞわたしを助けておくんなさいまし」

惚れた女から、こうじっとうわ目で見られて、佐七はおもわず、ぶるぶるッと身《み》顫《ぶる》いをした。

「助けてくれとは、お粂さん。そりゃいってえどういうわけですえ」

「はい、それをお話するにはどうしても、ひととおり、わたくしの身の上からお話し申し上げねばなりません。どうぞ聞いてくださいまし」

こう前置きして、お条の語った話というのは、だいたいつぎのとおりである。

お条は、父も知らなければ、母もしらず、じぶんが何者であるか、まったくしらぬあわれな孤児。七つのときに吉原の玉屋へ売られ、二十二になる去年まで、東雲と名乗って全盛をうたわれていたが、去年の暮れのことである。

茶屋から名指しであがった客がある。宗十郎頭巾《そうじゅうろうずきん》でおもてをつつんでいるので、よくわからなかったが、そうとう年輩のお武家である。

侍は頭巾を脱ごうともせず、また床へ入るのでもなく、ひと晩東雲と語り明かしてかえったが、それから三日目、莫大《ばくだい》な身代金をつんで、東雲を落籍し、このお屋敷へ住まわせたのである。

武家はそれから、月にいちどずつこの屋敷へやってくる。しかしいつも頭巾で面をつつみ、身分を明かすのでもなく、姓名を名乗るのでもない。

また、東雲を落籍したのだが、けっして色恋の沙汰でない証拠には、いままでついぞ、いやらしい素振りをみせたことがない。ただ半時あまりしずかに茶を飲み、なにくれとなく、お条の身の上話など聞いたうえ、月々の仕送りをおいて、いずこともなく立ち去るのである。

お条はひょっとすると、これはじぶんの親戚《しんせき》のものか、それとも父を知っているひとでもあろうかと、ときどき口裏をひいてみるが、その話になるとあいてはいつも、ことばを濁すばかりか、けっしてじぶんの身分姓名を、知ろうとしてはならぬ、また、じぶんのあとをつけたり、またひとにこのようなことを話してはならぬと、かたく申しつけるのであった。

　この素性のしれぬ人物の世話になっていることが、お粂にはしだいに気味悪くなった。そこへもってきて、このあいだ、知らぬ男より、とつぜん妙な手紙が舞い込んだのである。

　仔細あって、わたしはおまえの素性を知っている。またおまえの父の遺品《かたみ》も持っている。おまえがじぶんの素性をしりたくば、あす、飛鳥山へ花見にこい。そのとき、おまえの身分を知らせてやろうし、また、おまえの父の遺品を、わたそうという手紙なのである。

「それで指図どおり、飛鳥山へまいりましたところが、あのような騒ぎが起こりましたので、わたしには、なにがなにやらわかりません」

「ふうん」

　あまり奇妙なお粂の話に、佐七はおもわず吐息をついて、

「すると、あの折助は、おまえさんに素性を教えようとしたのかえ」

「はい、そうらしゅうございます。いろいろ悪ふざけをいたしますので、逃げようとするはずみに、きのうの手紙を見なすったか、と、こう、耳もとでささやきます。ハッとして顔を見なおし、これからわけを聞こうとするところへ、ああいう騒ぎが持ちあがったので、せっかくのところ、そのあとが聞こえませんでしたのが、いかにもざんねんでなりません」

「するとなんだね。おまえさんに身分を知らせたくない男が、あの折助を殺《や》ったとみえるが、それにしても父《とっ》つぁんの遺品というのは？」

「それがあの騒ぎで、つい、貰《もら》うことができませんでしたが、ひょっとすると、あの風呂敷《ふろしき》包みではないかと思うと……」

お条はそういうと、おもわず色蒼《あお》ざめて身をふるわせた。むりもない、それが父の遺品とすれば、お条の父は、じつにお仕置き人ということになる。

佐七はいまさらのように、このあやしい因縁につきまとわれた、うつくしい女の顔を、哀れふかく見直さずにはいられなかった。

「それで、花魁、いや、お条さん、きょうおいらをお招きなすったのは？」

「さあ、それでございます。このような恐ろしいことが起こってみれば、どのようなことをしても、わたしはじぶんの素性を知らずにはおられません。それで、親分さんに願いというのは、いつもくるお侍のあとをつけていただきとうございます」

「ほほう、侍のあとをつける？」

「はい、あのひとなれば、きっと詳しい事情をしっているのに違いございません。ちょうど、さいわい、きょうはあのひとがくる日ゆえ、おまえさんにあとをつけていただいて、むこうの身分姓名を、しっかと突き止めていただきとうございます。わたくしもこうなったら、たとい父が非人乞食《こじき》、あるいは天下をねらう大罪人でも、はっきりと、身の素性を知りとうございます」

お条はわっと、佐七の膝《ひざ》に泣き伏した。

意外、ひょっとこ面の謎

――佐七はお条の手をとり引き寄せた――


それからおよそ、一刻《いっとき》あまりのちのこと。

お茶の水から本郷、本郷から上野へと、佐七はおりからの朧月《おぼろづき》をさいわいと、必死となってひとりの武士のあとをつけていた。

いうまでもなくその武士は、たったいま、お粂の寮から出てきた人物、すっぽりと宗十郎頭巾に面をつつみ、とぼとぼと肩を落としてゆくうしろ姿の、なんとやら異様に淋《さび》しくみえるのが、佐七の胸を強くうった。

「あいつだ。たしかに飛鳥山の花の下で、じっと花魁のほうをみていた男だ」

顔は見えない。

しかし、おぼろ月夜に浮き出したそのうしろ姿に間違いはない。佐七はいまにも、躍りかかって引っ捕えようかと思ったが、お粂の頼みを考えると、すぐその考えを揉《も》み消した。お粂はただつけてくれろとばかり、捕えてくれとはいわなかった。

佐七がつけているのを知ってかしらずか、武士は鶯谷《うぐいすだに》のほうへ下りてゆくと、ある大きな冠木門《かぶきもん》のなかへスイと吸いこまれてゆく。

その武士のうしろ姿を見送っておいて、佐七も屋敷のなかへ忍び込んだ。と、まもなく、ぴったり、閉した雨戸のなかから、カンカンと鉦《かね》をたたく音。

おりがおりだけに、その鉦の音の異様な淋しさが、佐七の胸にしみとおった。息をころして佐七が、雨戸の外でうかがっていると、やがてプッツリ鉦の音もやみ、やがて、プンと鼻をついたのは線香の匂いだ。

「はてな」

佐七がいよいよただごとならずと、庭に踏みこみ、雨戸に手をかけたときである。冠木門のまえに、一挺《いっちょう》の駕籠《かご》がとまったかとおもうと、転げるように出てきたのは意外にも、たったいま、別れてきたばかりの東雲のお粂ではないか。

「おや、お粂さん、おまえどうしてここへ」

「おお、親分さん、あのひとは——？　あのひとは——？」

お粂の声はうわずって、眼の色もただごとではない。

「あいつはたしかに、この家のなかにいますぜ」

「早くきておくんなさい。おお、もう遅すぎたかもしれぬ」

しどろもどろのお粂のようすに、佐七はなにがなにやらわからぬながらも、雨戸を蹴破《けやぶ》りなかへ躍りこんだが、その拍子に、さすがの佐七もおもわずその場に立ちすくんだ。

座敷のなかは唐紅《からくれない》。その血の海のなかに、三人の男が死んでいるのだ。

そのなかのひとりはいうまでもない、さっき佐七があとをつけてきた武士、これはみごとに腹かっさばいて、はや虫の息だった。

もうひとりの男は、これも武士だが、腹かっきった男に、どこやら容貌《ようぼう》の似かよったところがあるのをみれば、どうやら兄弟らしい。これは袈裟《けさ》がけに斬られて死んでいた。

さらに、三人目の男だが、これを抱き起こして佐七もおどろいた。これぞ余人ではない。棟梁《とうりょう》染五郎の身内のわかい衆、ゆくえをくらました留吉ではないか。

佐七もさすがに呆然《ぼうぜん》として、

「お粂さん、こ、こりゃいったいどうしたことだえ。そしてまた、おまえさんにはどうしてこの家がわかったンだえ」

「親分さん、これを見ておくんなさい。この書き置きが、お侍のかえったあとの座敷にのこっておりました。ああ、わたくしはなんという因果なものでございましょう」

お粂は、切腹した武士のそばにかけより、その耳に口をつけると、

「熊谷《くまがい》さま、熊谷さま、怨《うら》みは怨み、ご恩はご恩、かならず大切に回向《えこう》しますほどに、どうぞ、どうぞ成仏してくださいまし」

武士はそれをきくと、にっこり笑ってそのまま息がたえてしまった。

さて、お粂よりわたされた遺書によって、だいたいつぎのような事情が判明したのである。

切腹した武士は熊谷武兵衛《ぶへえ》、また斬り殺されている侍は、同名新之助《しんのすけ》といって、

ふたりは兄弟で、もと天草《あまくさ》の浪人だった。おなじ天草の浪人に磯貝九郎右衛門《いそがいくろうえもん》というものがあって、これがお粂の父親になる。

この三人は主家を浪々するとまもなく、密貿易の仲間に入り、それぞれいっぽうの旗頭になった。密貿易とはいうものの、これは一種の海賊である。しだいにお上の詮議《せんぎ》がきびしくなるにつれて、仕事のほうも思わしくなくなり、やがてこの三人のあいだに仲間割れを生じ、ついに武兵衛、新之助のふたりは、お粂の父を密訴しておいて、じぶんたちは稼ぎためた金をそっくり手に入れ、この江戸へ逐電してきたのである。

お粂の父、九郎右衛門はむろん、捕えられると同時に刑場の露ときえ、海賊仲間はそれきり四散してしまった。

こうして幾年かたつうちに、寄る年波、兄の武兵衛はしだいに昔の所業が悔まれてくる。なんとかして九郎右衛門のあとを弔いたいと思っているうちに、ふと九郎右衛門が丸山《まるやま》の遊女にうませた子供が、江戸の吉原で花魁《おいらん》になっているときき、これを身受けして、せめて九郎右衛門の菩提《ぼだい》を弔うつもりだった。

ところが、兄の武兵衛とちがって、あくまでも腹黒い弟の新之助は、兄のそういう仏心が危なっかしくてたまらない。九郎右衛門の遺児に近づくことは、取りもなおさず、むかしの仲間に居所を知らせるようなものである。

武兵衛兄弟に、裏切られたむかしのなかまは、つねに九郎右衛門の遺児の身辺に、注意を怠らないにちがいない。そう思うと新之助は、兄の所業が心許《こころもと》なくてしようがなかったが、その懸念は果たしてまもなく、事実となって現われたのである。

かねてより、東雲に気をつけていたむかしの仲間の久造《きゅうぞう》というものが、東雲の奇怪な身受け沙汰《ざた》から、ついに熊谷兄弟の居所をつきとめた。

こいつがまた悪いやつで、あいての居所をしると、九郎右衛門の血まみれ獄衣をネタに、兄弟をゆすりにかかる。その要求がしだいに大きくなるので、しまいにはねつけると、こんどは東雲にそのことを打ち明けるという。

兄の武兵衛はこのじぶんより、すでに覚悟をきめていたが、弟のほうは、あくまで生きのびたい心、そこで賭場《とば》で知りあいになった留吉に命じて、久造を殺させたのである。あの折助が久造だったことはいうまでもない。

意外にもあのひょっとこ面は、留吉自身だったのである。かれはあの日、二枚の衣裳《いしょう》と二種の仮面で、たくみにひとりふた役を勤めたのだ。なにしろほかの連中は、酔っ払っていることとて、かれが衣裳を脱ぎかえるひまは、じゅうぶんあったと思われる。

さすがの佐七も、これにはまんまと一杯ひっかかったのだ。

「それにしてもお粂さん、おまえさんこれからさき、どうなさるつもりだえ」

長い遺書を読みおわって、佐七はほっとお粂をみる。

「はい、どうせ、わたしのような因果なものは、尼にでもなろうと思います。どうせ行くところはなし、鎌倉《かまくら》へまいれば尼寺があるとのこと」

「尼になる？　それもよかろう。しかし、お粂さん、行く先がなにもないわけじゃなし」

「え？」

「よかったら、おいらのところへきてくんねえな」

「あれ、親分さん、ご冗談ばっかり。わたしのようなものを」

「なにを冗談いうものか、どうせ割れ鍋《なべ》にとじ蓋《ぶた》だあな。お粂さん、おれや、ひとめ、おまえを見たときから、おれや、おれや――」

お粂の手をとった人形佐七、おもわずそのからだを抱き寄せたという。

それからまもなくお玉が池の佐七の家には、お粂といううきれいな女房が、長火鉢のまえに坐《すわ》ることになったが、ところがこれが、寛政五年癸丑《みずのとうし》のうまれというから、佐七よりもひとつ姐《あね》さん女房、しかもこれが、おッそろしくやきもち焼きとききているうえに、持ったが病いで、佐七がちょくちょくうわ気をするところから、風雲お玉が池、ときおり珍妙な騒動が持ちあがろうというお話は、いずれそのつど稿を改めて。

螢屋敷

佐七のもとへ贅六の新弟子

――御用や御用！　と屁っぴり腰で――

「ひとくちに岡っ引きなどというがな、これがまたなみたいていの修業じゃねえぜ。おれなんぞもいまでこそ、ひとかどの岡っ引きといわれ、世間から兄哥《あにい》とかなんとか立てられてはいるが、こうなるまでにゃずいぶんと年期をいれたものさ。まずだいいちに、御用を聞くにゃ眼《がん》がきかなくちゃいけねえ。つまり、目はしがはしこくなくちゃいけねえ。人間てやつは、だれだってわたしは悪人でございってつらはしてやァしねえ。どいつもこいつも、虫も殺さぬ顔をしていて、それでかげへ廻《まわ》るとだいそれたことをしゃがる。そこをぐいと睨《にら》んで、ひと目でこいつが悪人だと、当てるぐらい眼がきいてこなくちゃ、ひとかどの岡っ引きとはいわれねえ。おれなんぞもこうなるまでにゃ、へっへっへ、はばかりながら、ずいぶんと人のしらねえ苦労をしたものさ。おめえも、どうしてもこの道で立っていきてえというなら、おれを見習って、みっちりと修業しなけりゃならねえぜ」

とくいになって滔々《とうとう》と、岡っ引き哲学をといている男をだれかとみれば、なんとこれがおなじみの、巾着《きんちゃく》の辰五郎だからおどろいたはなしである。

巾着の辰、ちかごろはなはだ威勢がいいが、それにはこういうわけがある。お玉が池の佐七のもとへ、ちかごろあたらしく弟子入りした男がひとりある。名前は豆六《まめろく》といって大阪者だが、御用聞きが志望とやらで、音羽のこのしろ吉兵衛をたよって、はるばる上方からのぼってきたのを、吉兵衛から、いま羽振りのいい佐七のもとへあずけられたのだ。

つまり、辰五郎は一躍して兄哥になったのだから、とくいになって吹くわ、吹くわ。――きょうもきょうとて、御用聞きになるには、江戸の地理にあかるくなくちゃいけないというので、浅草《あさくさ》から山谷《さんや》、山谷から吉原と、どうせろくなところへは案内しない、さんざほうぼうをひっぱりまわしたあげくの帰りみち、通りかかったのが池《いけ》の端《はた》のうすくらがり、時刻はすでに四つ（十時）をすぎて、人通りとてないところから、みちみち、さかんに先輩風を吹かせているところである。

「それから第二に、岡っ引きというやつは機転がきかなくちゃいけねえな。どうで世間からけむたがられる稼業だ。まともにぶつかっていったんじゃ、なかなかネタはあげられねえのさ。おれなんぞは、おかげでうまれつきすこしばかり機転がきくほうだから、これでいままで、ずいぶん、親分に手柄を立てさせたものよ。それから、第三に度胸だが、こいつはおれの口からあらためていうまでもあるめえ。つまり一に眼、二に機転、三に度胸というわけだが……」

と、ここにおいて辰、心細そうにこのあたらしい弟子の顔をつくづく眺め、

「おめえ、どうでもこの稼業で身をたてる気かえ。おれの見たところじゃ、どうもこの仕事は、おめえの柄にあわねえような気がするがなあ。音羽の大親分がなんとおっしゃったかしらねえが、悪いことはいわねえ。いまのうち、なんとか考えなおしてみたらどうだえ」

と、無遠慮にも大溜《た》め息をついたものだが、なるほど、豆六の顔をみれば、辰五郎ならずとも、いちおう、意見をしてみたくなるのもむりはなかった。

うらなり。——とは、口の悪い辰がお目見得の日、ひとめ見るや即座にたてまったあだなだが、いみじくもいったり、細く、長く、のっぺりと黄色い顔は、うらなりの糸瓜《へちま》そっくり、鼻だけつんとたかいが、目尻《めじり》がさがって、口もとがだらしなく、いつも涎《よだれ》の垂れそうな口のききようがとんと、馬鹿か悧巧《りこう》かわからないしろものだ。

どちらかというと、横に平たい巾着の辰とはいい対照で、さてこそ、

「こいつはいい。おい、お粂、ちょっと見ねえ。これでうちはお菜《かず》には困らねえぜ。かぼちゃと胡瓜《きゅうり》とそろいやァがった」

と、お目見得の日、佐七は膝《ひざ》をうってよろこんだが、それを思うと辰五郎は、この弟分のうらなりづらが、いまだに怨《うら》みのたねである。

だが、豆六はもとよりそんなことはご存じなく、

「それがなあ、兄さん」

と、例によって、涎の垂れそうな甘ったるい口のききようなのである。

「おいおい、うらなり、兄さんだけはよしてくれよ。兄貴とか兄哥とか、ひとつ威勢よくやってもらいたいな」

「すんまへン。やっぱり口癖になってまンねン。これから気をつけまっさかいに、どうぞ堪忍しておくれやす。それでは巾着の兄哥」

「ほい来た、なんだえ」

「わてはな、なんの因果か小さい時分から、この稼業が好きで好きでたまりまへンねン。わてのうちは自慢やないが、大阪では代々つづいた商売で、ちょっと知られたしにせだす。藍玉《あいだま》問屋でしてな。わてはその藍玉問屋の六男にうまれたんやが、どういうもんか、うまれつき堅気の稼業がきらいで、そらもう小さいときから、御

用聞き、岡っ引きになるちゅうてな、もうずいぶん親を泣かせたり、親類をてこずらしたりしたもンや、因果な性分だンなあ」

いったい、御用聞きという稼業を、讃美《さんび》しているのかけなしているのかわからない。辰五郎は目を白黒させながら、

「ふうん、そんなもんかなあ、おまえもよほど風変わりな人間だなあ。だが、うらなり、そんならおめえ、なぜうまれ故郷の大阪で、御用聞きにならねえンだ。そのほうが勝手がわかっていて、よっぽど都合がいいと思うがなあ」

「さあ、そこだす。わてかてよっぽどそのほうが、都合がよろしおまんねンけンど、親が承知せえしまへン。そんな極道なもんになるのやったら、七生まで勘当や！と、こないいいよりまンねン、しかたおまへンがな。そこで思いついたのがこのしろの親分や。あのおかたがお若い時分、わらじをおはきやして、しばらくうちでお世話申し上げたことがございます。その親分が、いま江戸の御用聞きでも、頭株やちゅう噂をきいたもんやさかいたまりまへン。矢も楯《たて》もたまらず、飛んででてきましてン。わてもう覚悟はきめてます。たとえ火のなか水の底、手鍋《てなべ》さげても岡っ引きにならずにはおられまへン。そういうわけやさかい、兄さん――やなかった、兄哥、ひとつよろしゅうお頼み申します」

なにしろ、いうことが上方もんだけに派手なのである。

やれやれ、親分もとんだ者を背負《しょ》いこんだものだと、辰五郎はじれったいやらおかしいやら、それでからかいはんぶんに、

「しかし、うらなり、おまえとしはたしか二十とかいったな」

「さよさよ、寛政十年午《うま》どしうまれやさかい、兄さんより二つ年下、ひとつ可愛がっておくれやすな」

「わっ、薄っ気味のわりい声を出すない。しかし、なあ、うらなりよ、おめえまた、どうしてそうこの稼業が気に入ったのだい」

と、聞いてみると、豆六たちまち反り身になり、

「そやかて、ずいぶんええ稼業やおまへンか。あんさんそうお思いやおまへンか。銀の十手かなにかひらめかしながら、御用！　御用！」

と、だしぬけに屁《へ》っぴり腰をして、妙な声を突っぱしらせたから、辰五郎はわっと頭をかかえて、二、三歩横へすっ飛んだ。

「ま、まあ、待ってくれ、いいよ、いいよ、わかったよ」

「そうだっしゃろ。ほんまにええもんやな。もういちどやってみまほか」

豆六はケロリとしている。

「いいよ、いいよ、もうたくさんだ」

「なにもそないに遠慮しやらでもよろしおますがな。あんさんとわての仲や、景気ようもいちどやってみまほか」

と、とくいになったうらなりの豆六が、池の端のくらがりで、屁っぴり腰をいよいよ突き出し、十手をかまえる真似をしながら、

「こうだんな。あんさん、見てておくれやすや。これでよろしおますかいな。ええと――御用！　御用！　そこを動きなはんなや。神妙にしくされや！」

と、頭のてっぺんから素っ頓狂《とんきょう》な声をほとばしらせたその瞬間、半丁ほど行く手のくらやみで、とつぜんあっという叫び声がきこえたかと思うと、ドボーンと、なにやら池のなかへ落ちた物音、つづいてたたたたと大地を蹴《け》って、むこうのほうへ逃げてゆく黒い人影があった。

そこはさすがに兄哥《あにい》風を吹かせるだけあって、怪しいと睨《にら》んだ巾着の辰、すぐさまあとを追っかけたが、逃げ足の早いやつで、はやそのへんにすがたは見えない。

「チョッ！」

と、舌打ちをした辰五郎が、さっき水音のした池のそばへ近寄ってみると、水面いっぱいにしげった蓮《はす》のあいだに、大葛籠《おおつづら》がひとつ、ぷかりぷかりと浮いている。

葛籠の中から螢がフワリ

——なに、これも修業のうちだすがな——

「どないしなはってん。だしぬけに何事だす」

　あとから駆けつけたうらなりの豆六、これまたいっこう物に動じない。しごくのんびりと、長い顔をいよいよ長くしてみせた。

「何事だスもへちまもあるもんか。あれを見ねえ。おまえにゃ、あそこにぷかぷか浮かんでいるものが目にはいらねえのか」

「葛籠だんな。だれがあんなところへ捨てていきよったんやろ。大阪にいるときから お江戸のお人は気が大きいと、かねてから聞いとりましたけれど、ほんまやな。葛籠をあんなところへ捨てるとは、もったいないことしよったもんや」

「ちょっ、なにをいやァがる。どこまでのんびりしてやがるんだろ、いま逃げた男がよ、この葛籠をかついでやって来たんだ。そこをおまえがだしぬけに、妙な声をあげやァがるもんだから、野郎びっくりして、葛籠だけおっぽり出して逃げやァがったンだ。どうで曰《いわ》くのある葛籠にちがいねえ。おめえちょっとあの葛籠をあげてみろ」

「へえ、わてがあの葛籠をあげまンのンで」

「そうよ。てめえがあげなくてだれがあげるんだ」

「そやかて兄さん——やなかった兄哥、あの葛籠をあげるのには、水のなかに入らんなりまへンがな。すこし殺生やな」

「べらぼうめ、さっきてめえなんと吐《ぬ》かした。たとい火のなか水の底といったじゃねえか。こんなところで骨惜しみをするようじゃ、いい御用聞きになれねえぞ」

「よろしおま。そういわれてはあとへはひけまへン。ええ、これも修業や、清水《きよみず》の舞台から飛びおりたつもりで、入ってみまほ」

口のききかたは甘ったるいが、この豆六という男、なかなか小取りまわしのきく男で、すばやく帯をといて裸になると、ざぶざぶと池のなかへはいって、問題の大葛籠をかきよせた。

「やあ、こいつは重い。なにがはいってンねンやろ。開けてうれしや宝の葛籠か。ほら、兄哥、わたしまっせ。どっこいしょ」

と、鼻唄《はなうた》まじりにかかえあげた大葛籠、みるとがんじがらめにふとい綱で結ばれているのが、いよいよ尋常とは思えない。

「おお、ご苦労々々、冷たかったろう。体を拭《ふ》いてはやく着物を着ねえ」

いい気なもので辰五郎、いまはもうすっかり兄哥になったつもりだ。豆六をいたわりながら、すばやく綱の結び目を解いて、スポッと葛籠の蓋《ふた》をとったが、とたんにふたりはあっとばかりに呼吸《いき》をのんだ。

蓋をとったとたん、葛籠のなかから、フワリフワリと二つ三つ、——小さな光りものが宙にまいあがったのである。

「な、なんだ、螢《ほたる》じゃねえか」

「ほ、ほんまにいな!」

いかにも、それは螢だった。

葛籠のなかからまいあがった螢は、呆《あき》れ顔のふたりを尻目《しりめ》に、ほのかな光を闇のなかにまき散らしながら、すうい、すういと池の蓮へととんでいく。

あっけにとられて、そのあとを見送っていたふたりは、気がついたように、ふたたび葛籠のなかへ目をおとしたが、こんどこそふたりとも、ぎゃあーっとばかり、ふたまげるような悲鳴をあげたのである。

無理もない。葛籠のなかは、うじゃうじゃするほどの螢なのである。そいつがごそごそ、もそもそと、ほのかな光を明滅させながら、そこらじゅうを這《は》いまわっている気味悪さ。——だが、気味悪いのはそれのみではなかった。

そこにはもっと恐ろしいものがあった。

ポーッと螢の光に照らされて、白い女の顔がみえる。くわっと目を見開き、びんのほつれ毛をきっと口にくわえた、恐ろしい女の顔が、なにやらうすぎぬのような、薄物のなかからのぞいている。螢もやっぱりその薄物につつまれていて、さてこそ飛びたつこともかなわず、無数にもそもそ、もじゃもじゃと、女の顔のあたりを這いまわっている。

「な、なんだっしゃろ。あのうすい布《きれ》みたいなもんは……」

「うらなり、てめえ怖くはねえか」

「そら、怖いことは怖おます。だけどここでこわがったら岡っ引きにはなれまヘン。なに、これも修業や。ちょっとあの布とって見まほか」

「ふむ。てめえ案外いい度胸だ、とって見ねえ」

豆六は女をつつんだ薄物に手をかけたが、

「やあ、こらあかん」

「どうした、どうした」

「兄哥、こら蚊帳《かや》やで。麻の蚊帳や、見て見なはれ。蚊帳で女の体をぐるぐるまきにしてあるンや。えらいことをしょったもんやな。ほら、この血――」

と、真っ紅《か》に染まった手を見せながら、

「蚊帳のなかで女を殺したンかしら。それにしてもおかしおまンなあ、螢がどうして蚊帳のなかにいよったんやろ！」

「豆六！」

とつぜん、辰五郎が胴顫《どうぶる》いをした。

「なんだす」

豆六はたいして驚いたふうもない。ケロリとしたところは、どうして、どうして、巾着《きんちゃく》の辰などより、二、三枚がた役者が上手だ。

「こりゃこちとらなどの手にあう一件じゃねえ。そこいらに自身番があるだろう。ひとつそこへかつぎ込もう。それからおれはひとっ走り、お玉が池へかえって親分をたたきおこして来らあ、そのあいだおめえ、気味がわるかろうが、自身番のおやじといっしょに、この葛籠を見張っていてくれ」

「へえ、よろしおま、なに、これも修業や」

うらなりの豆六、およそ怖いなんて神経は持ちあわさぬとみえて、ケロリとしている。

和泉屋の隠居殺し

――こちらの兄哥より気が利くようで――

寝入りばなをたたき起こされた人形佐七、いささか中っ腹だったが、話をきいてみると面白そうだ。

池の端とあらば、下谷の伝吉《でんきち》の縄張りだが、発見者がおのれの身うちだから、いちおう、顔を出しておくのも無駄ではあるまいと、辰を案内にとるものもとりあえず駆けつけてきたのは、それからおよそ一刻半《いっときはん》ほどのちのこと、むろん、伝吉もすでに自身番へ顔をだしていた。

「おお、下谷の、お互いに寝入りばなを叩《たた》きおこされていい面の皮だな」

「これはお玉が池の兄哥《あにい》か、こいつはおまえさんの身うちのものが、最初に見付けたんだというが、これもなにかの因縁だろう。ひとつ手をかしておくんなさい」

「なに、おれなどが出しゃばったところで、なんの足しにもならねえが、おまえさえよかったら、片棒かつがせてもらうぜ」

いちおう仁義を通じておいて人形佐七、あらためて死骸《しがい》というのを見せてもらうと、なるほど二十三、四の水の垂れそうなうつくしい女、水色ちりめんの長襦袢《ながじゅばん》に、細い伊達《だて》巻きをきりりとしめて、見たところ玄人とも見えず、そうかといって、まんざらの素っ堅気らしくもない。

いくらかはだけた胸のあたりに、ぐさりとひと突き、するどい突き傷があって、どうやらこれが致命傷。

「なるほど、で、これが問題の蚊帳だな」

死骸のそばにひろげてある蚊帳をみれば、八畳づりの近江《おうみ》蚊帳、おさだまりの藍《あい》の裾濃《すそご》にすすきがあしらってあって、そうとうの上物だが、これにべっとりと血がついているのが気味悪い。

「で、螢は？」

「へえ、螢ならこちらにとってございます」

自身番のおやじがさしだした紙袋のなかを見ると、まだひと握りほどの螢が、ぼーっとひそやかな光を明滅させている。

「なんだ。こんなにたくさんはいっていたのか」

「そうなんで。いえ、もっとたくさんおりましたが、蚊帳をほどくはずみに逃げたやつもおりますし、死んだやつもかなりたくさんありました」

「兄哥、どう思う。いかに池の端の夏場とはいえ、蚊帳のなかにどうしてこう、たくさんの螢がはいっていやァがったんだろうなあ」

「さあてね」

そいつは佐七にもわからない。首をかしげながら人形佐七が、紙袋からつまみ出してみると、どれもこれも源氏螢《げんじぼたる》の大きなやつである。ちょっと江戸の近辺では見られぬ螢である。

佐七はしばらく首をかしげていたが、

「ときに、下谷の、女の身もとについてなにかあたりがついたかね」

「兄哥、そいつはぞうさねえのよ。この近辺のものなら、だれだってこの女をしらぬものはねえ。なにしろこれほどのいい女だ。こいつはむこうの池の端に住んでいるおかこい者で、名はたしかお俊《とし》とかいったっけ。なあ、じいさん、そうだったな」

「へえ、へえ、さようでございます。みなさんもご承知でしょうが、黒門町《くろもんちょう》にある和泉屋《いずみや》さんという、生薬屋の旦那《だんな》のお妾《めかけ》なんで」

「なに、黒門町の和泉屋？」

と、聞いて佐七がおもわず、眼を光らせたのにはわけがある。

下谷の伝吉もうなずいて、

「そうよ、兄哥はものおぼえがいいなあ、おれも去年のあの一件から、尾をひいているんじゃねえかと思っていたところだ。しかも場所もおんなじだ。この女のかこわれていた家というのが、ほら、去年隠居殺しのあった家よ」

「ふむ、こいつよっぽどこみいっているな」

佐七がおもわず唸《うな》ったのもむりはない。

和泉屋の隠居殺し、これには佐七は直接あずからなかったが、当時評判の事件だったから、いまだに記憶になまなましい。

黒門町にある和泉屋という生薬問屋、奉公人が十五、六人もいようという大身代だが、先代の喜兵衛《きへえ》というのが数年まえに亡くなって、あとには後家のお源《げん》と、先代の甥《おい》にあたる、京造《きょうぞう》という若者のただふたり。

京造は二十五、六で、喜兵衛夫婦に子どもがないところから、幼少のころより、養子分として育てあげられたのだが、さいわい気性もよし、商売にも熱心だし、それに金兵衛という、しっかりした番頭もついているので、お源もすっかり安心して、喜兵衛がみまかったのちは、店はふたりにまかせっきりで、じぶんはこの池の端に気に入った家を建て、亡くなった良人《おっと》の念仏三昧《ざんまい》に日をおくっていた。

ところが去年のちょうどいまごろのことである。ある日お源が隠居所で、むざんにも手拭《てぬぐ》いでしめ殺されているのが発見されたのである。

お源はしっかり者だから、店は養子の京造にゆずったとはいうものの、身のまわりの用意として、かなりの大金を隠居所にたくわえていた。

おそらくその高は千両をくだるまいといわれていたが、その金がお源の死と同時に消えてしまったのである。

ところがそのじぶん、京造の身持ちについて、ちょっとよからぬうわさが立っていた。

律義なようでもそこは若者、ましてや京造はひとり身のこととて、養母が隠居所へ引きうつってからというもの、いつしか遊びの味をおぼえそめて、そのじぶん、柳橋あたりで、だいぶ羽根をのばしていたという評判だった。

これがお源の耳にはいったからたまらない。そのじぶんとかくふたりの仲がしっくりいかない。おまけに遊びの金にはつまるならい、店をゆずられたとはいうものの、そこには先代ゆずりの石部《いしべ》金吉《きんきち》、四十男の金兵衛が、がっちりと土蔵の鍵《かぎ》をおさえている。それやこれやで、京造がひょっとすると――と、口さがないは人の常、そんなうわさがそのころとんだ。

むろん、そのうわさはお上の耳にもはいったから、当時、京造はきびしい吟味をうけたが、うまいぐあいにちょうどそのとき、べつに犯人があがったのである。まったく危ない瀬戸際だった。この犯人のあがるのがもうすこしおそかったら、京造はあやうく養母殺しの大罪におちるところだった。

さて犯人だが、これは信州辰野《しんしゅうたつの》うまれの小間物屋で、彦三郎《ひこさぶろう》というしがない行商人、お源の隠居所へしげしげ出入りをするうちに、いつしかお源に目をかけられ、ときどき、商売の資本《もとで》の融通をうけることなどもあった。

お源が殺された日なども、例によって融通をたのみにいったということだが、捕えられたとき、五十両という大金を彦三郎が身に持っていた。かれの言葉によると、ご隠居さまから借りたのだということだが、なにがなんでも請け人なしに、しがない行商人風情に五十両という大金を用達《ようだ》てようとはおもわれない。

それに、のがれぬ証拠というのが、お源の首をしめた手拭いだが、これが彦三郎のものとあっては、もうどんなに弁解しても追いつかなかった。

ふつうならばむろん打ち首だが、幸か不幸かそのとき、御公儀に御慶事があったので、死一等を減じられ、八丈島《はちじょうじま》へ島送りになった。

こうして、この一件は片がついたのである。

池の端の隠居所は、それきりしばらく住み手もなく、無住の家として近所から恐れられていたが、そこへこの夏のはじめころからかこわれたのが、いま自身番の床に、つめたい死骸となってよこたわっているこのお俊という女。

京造も京造だが、女も女——まんざら知らぬわけもあるまいに、よくもあんなおそろしい家に住んでいられると、この界隈《かいわい》ではもっぱら評判だったが、はたして今夜のこの仕儀だ。

「これでなにかえ、女の前身は芸者かえ。まさかずぶのしろうとじゃあるめえな」

「ところが兄哥、こいつはこの春頃、和泉屋へ住みこんだ女中ということだぜ。見らるるとおり、ちょっと渋皮のむけているところから、住みこむとすぐ、京造のやつが手をだしやァがって、ほかの奉公人のてまえもあるところから、因果をふくめて隠居所へうつしたということだ。むろん、京造のやつがときどきあいにくるようだが……」

「よし」

と、立ちあがった人形佐七、

「とにかく、夜の明けねえうちに、その隠居所というのをのぞいてみようじゃないか。なにかまた見つかるかもしれねえ。辰、てめえも来い」

と、いってから、にわかに思いだしたように、

「ときに、辰や、豆六のやつはどうした。ここで待っているはずじゃなかったかな」

訊《たず》ねられて、辰五郎もきょときょとしながら、

「親分、あっしもさっきから、気にしていたところですが、ちょっとじいさん、おれといっしょに葛籠《つづら》をかつぎこんだ、うらなりみてえな男はどうしたえ」

「へえ、あのひとなら、ひと足さきへ隠居所へいきましたぜ」

「なんだと、隠居所へ？」

「へえ、なにね、あっしがこの女の身許《みもと》をおしえてやったら、そんならすぐに探ってくるといって出ていきやした。ことばつきは悠長だが、へっへっへ、あれでこちらの兄さんより、よほど体が動くようでございますねえ」

ぐいと辰五郎のほうへ顎《あご》をしゃくってみせたから、いや、辰五郎め、おこったのおこらぬの。——まだ駆け出しのほやほやの、豆六よりも劣るといわれちゃ男が立たぬ。

おのれこんど豆六をつかまえたら、小っぴどくやっつけてやらねばならぬと、む

しゃくしゃ腹で隠居所までやってきたが、意外や、目当ての隠居所にも豆六のすがたは見えなかった。

帰って来ない豆六

——腹が減って目がまいそうにござ候——

いや、その晩のみならず、それから二日たっても三日たっても、梨のつぶてで、豆六はお玉が池へかえって来ないのである。

佐七と下谷の伝吉、巾着《きんちゃく》の辰五郎の三人は、その晩、池の端の隠居所へ手を入れてみたが、犯行がそこでおこなわれたということをつきとめただけで、べつに大した獲物はなかった。

お俊はいつもの部屋で、蚊帳《かや》を釣って寝ていたところを、なにものかに殺されたのだろう。座敷のなかにもべっとりと血のりの跡がのこっていたが、あいにくその晩は、女中のお辻《つじ》というのが宿下がりをしていたので、下手人の目星のつけようもない。

むろん、京造も呼びだされたが、これはその晩、黒門町の本宅から、一歩も外へ出なかったのがわかったので、すぐかえされた。

京造も犯人の心当たりがないという。ましてあのおびただしい螢《ほたる》だが、それがどうして、お俊の蚊帳のなかにあったのか考えようもないという。

こうしてはや、あの晩からかぞえて三日目。——

「おまえさん、それにしても豆さんはどうしたんだろうねえ。音羽の親分さんから、あれほどこんこんと頼まれているのに、もしものことがあっちゃ、あたし親分にあわせる顔がないわ」

と、お粂がしきりに気をもむのもむりはない。

「てめえにいわれなくたってわかってるよ。あん畜生、ろくすっぽ江戸の方角もわからねえのに、いったいどこへ行きやがったんだろ」

と、佐七も額にふかいしわをきざんだ。

「ねえ、親分、ひょっとするとあの野郎、ひょっとするとひょっとして、ひょっとすると、ひょっとじゃありませんかえ」

辰五郎、しきりにわけのわからぬことをいっている。

「ひょっとすると、どうしたというんだ」

「なにね、わけもわからねえのに踏み込みやァがって、反対にバッサリ——いまごろはどこかで、目をつむっているンじゃありますまいかえ」

「まあ、辰さん、なにをおいいだえ、鶴亀鶴亀、縁起でもないこと、いわずとおいておくれ。それでなくてさえ、あたしゃ夢見がわるいのに」

「あっしだってこんなことはいいたくねえが、ああ、ああ、しまったなあ、あんとき、あっしがあとへ残りゃよかったのに——」

と、人のいい辰五郎、このあいだの怨《うら》みも忘れて、目に涙をにじませていたが、と、このとき、がらりと格子をひらいて、とびこんできた男がある。

「人形佐七親分さんのお宅はこちらでしたっけ。手紙をことづかってまいりました。へえ、豆六さんとかおっしゃるかたからなんで——」

「な、な、なに、ま、ま、豆六!」

とんで出た辰五郎が、ひったくるようにして受けとった手紙を、開く手もおそしと、額をあつめて三人が読んでみると、
一筆しめしまいらせ候。わたしことこのあいだの晩より飲まず食わずで、ひとりの女のあとをつけ申しおり候。腹がへっていまにも倒れそうにござ候。この文お読

みのうえは、使いの者といっしょにすぐ来て下されたく候。ここがどこやらわたしには一向分かり申さず、使いの者にお聞き下され度《た》く、かならずかならず相待ち申しあげ候。

いまよう千松《せんまつ》こと豆六より

人形佐七親分さま

いや、まことにあっぱれ名文だが、三人はそれを読むなり、あっとばかりに胆《きも》をつぶした。

「よし」

佐七はきっと立ち上がり、

「お粂、支度をしろ。それからおまえさん、おまえさんはどこからおいでなすった」

「へえ。あっしゃ堀の伊豆長《いずちょう》という船宿の若いものでございますが、さきほど、その豆六さんというかたが、ころげるように入ってきなすって、親分さんにこのお手紙をことづけてくれとおっしゃいまして。——もしや、あのかた、あのまま死ぬのではございますまいか」

「なに、それほど弱っているのかえ。まあ、そんなことはあるめえが。お待ち遠さま。じゃすぐ案内しておくんなさい。おい、辰、おめえも来い」

支度もそこそこに飛びだしたふたりが、やって来たのは堀の伊豆長、なるほど見ればそこの帳場わきに、豆六がうらなりの顔をいよいよあおく、長くして、目さえすっかり落ちくぼませ、まるで虫の息のていたらくだ。

「おお、豆六、達者でいたか」

「ああ、親分さん、兄さんもよう来とくれなはッた。わてはもう、わてはもう……」

と、豆六は手ばなしで泣きだしたのである。

聞いてみると豆六は、あの晩池の端の隠居所へようすをさぐりにいったが、と、そのときこっそり、なかから忍びでた女があるという。豆六、これこそ、くっきょうの獲物なれとばかり、それからあとをつけ出して、二日二晩、ほとんど飲むものも飲まずに、あとをつけていたというのだ。

「べらぼうめ」

辰五郎はいきなり怒鳴りつけた。

「子どもじゃあるめえし、てめえもよっぽどどじじゃねえか。それならそうと、なぜひとこと知らせてよこさねえのだ」

「そやかて、そやかて、わてには江戸のようすがかいもくわからしまへン。うっかりしていて、逃げられたらどもならんと、わてはもう一生けんめいで夢中になってつけてましてん。ああ、しんどかった。安心したら、きゅうに腹がへって来よった」

豆六、いうだけのことをいってしまうと、重荷をおろしたようにケロリとしている。よっぽどこの男、神経の太いたちにちがいない。

「いや、無理もねえ、わかった、わかった。よくやった。で、てめえのつけている女というのはいったいどこにいるんだ」

「へえ、その女ならむこうの舟宿にかくれてまんねン。あ、あそこへ出て来よった。親分、あの女だす」

豆六が夢中になって叫びだすのを、しっ、とおさえた人形佐七が、きっと瞳《ひとみ》をさだめてみると、伊豆長の真向かいにある舟宿三吉屋から、いましもひとりの女がすたすたと河のほうへおりていく。

どうやら舟に乗るつもりらしい。

としは二十よりすこしまえだろう、顔かたちはなかなかととのっているが、着物の着こなし、物腰かっこう、どうみても、舟宿から舟をだす柄じゃない。きのうかおととい、田舎から出てきたばかりといった山出しである。

「あの女かえ。豆六、ちがいあるめえな」

「ちがいおまへン。あいつのためにわては二日二晩、飲まず食わずでひっぱりまわされましてン。ても恨めしいあの女め、どうして忘れるもんですか」

「よし、若い衆、すまねえが、こちらでもひとつおおいそぎで舟の支度をしておくんなさい。当たって砕けろだ。辰、あの舟をつけてみようじゃねえか」

と、すばやく舟にとび乗れば、そのとき、向こうの舟宿でも、いましも怪しい女をのせた舟がギイと漕《こ》いで出るところだ。

「親分はん、待っておくれやす。わてもいきます。なに、かまえしまへん。なんの二日か三日食べねえでも、死ぬようなこの豆六やあらしまへんわ、いよいよ、捕物やな、見ておくれやすや。御用、御用、へっへっへ、どんなもんや」

と、豆六はたいした張りきりようである。

やがてこちらの支度もできた。二艘《そう》の舟は約小半丁ほどおいて水のうえをすべっていく。やがて船は堀から大川へ出た。ふしぎな田舎娘は、じっと首をうなだれたまま、舟底へべったりと坐《すわ》っている。

どこか淋《さび》しげな、憂わしそうな表情で、船頭がおりおり言葉をかけるらしいが、それにもろくろく答えない。

「なるほどなあ、兄さん、いつかあんさんおっしゃったとおりやなあ、あんな虫も殺さぬ顔をしていて、人殺しなんて恐ろしいことがよう出来たもんやな。わてもよっぽど修業せんと、眼《がん》とやらが利くようにはなれまへんわ」

と、豆六しきりに感歎《かんたん》している。

「辰、てめえ、豆六に何かおしえたのかい」

「いえ、なに、へっへっへ」

辰五郎、いまさら極《き》まり悪そうに首をすくめて笑っている。

そのうちに、まえの舟は代地河岸《だいちがし》のへんで、しだいに岸へよっていくから、さてはあそこからあがるのかと、なにげなく岸を見て、佐七と辰五郎のふたりはおもわずあっと驚いた。

近付く舟を待つように、おりからの夕闇の岸に立っているひとりの男――それはまぎれもなく、和泉屋の主人京造ではないか。

「辰、顔を伏せろ!」

ふたりはさっと舟底に身をふせたが、そんなこととは知らぬ京造、舟が近付くと、なにやら女とふたことみことと交わしていたが、やがてひらりと岸へあがる船頭と交替に、京造が舟のなかへ跳びうつった。

「おやおや、船頭を岡へあげてどうするつもりだろう」

と、見ているうちに、京造と女はなおふたことみこと押し問答をしていたが、やがて京造が竿《さお》をおすと、舟はギィと岸をはなれて、ゆらゆらと河心へと流れていく。

「おや、こいつはお安くねえぞ。あの女とんだ食わせものだ。水の上のあいびきとは大したものだ。船頭さん、たのむ。なるべくあの舟のそばから離れねえようにな」

「合点です」

と、船頭も心得たもの、むこうの舟からつかず離れず、たくみにそのへんを流している。だがこれは大してむずかしいことじゃなかった。女の舟は河心にとまったきり、水の流れにまかせて動いているだけなのだ。

見ると京造と女とは、舟底でむかいあって、しきりになにか話している。だいぶ複雑な話とみえて、おりおり、争うような身振りがはいる。あたりはだんだん暗くなってきた。

と、このときだ。なにやら女が叫んだとみるや、いきなりさっと手を振ったが、とたんに、

「あ、あ――人殺しだあ！」

と、京造の声。

「しまった。それ、船頭、やってくれ」

見ると、舟のなかにすっくと立ちあがった女の手には、きらりと白い刃《やいば》が光っている。この白刃がふたたびさっと虚空におどれば、

「ち、違う、お町《まち》さん、そ、それはおまえの勘違いだ、これ、お町さん、疑い晴らして。――あ、あ、だれかきてえ」

よろよろと舟底によろめく京造、これを見るや、豆六のやつがとたんにまた、胴《どう》間《ま》声を振りしぼった。

「御用や！　御用や！　そこを動くな！　神妙にしていくされや」

女はそれを聞くと、ギクリとこちらを振りかえったが、もう駄目だと観念したのか、いきなりさっと水のなかへ体を躍らせた。と、京造、急所の手傷にめげず、舷《ふなべり》から身を乗り出して、

「あ、その女を助けてえ――。こ、こちらは大丈夫、その女を助けてやってください」

聞くなり辰五郎は、ざんぶとばかり、水のなかへ躍りこんだのである。以前このへんの舟宿で、船頭をやっていた巾着《きんちゃく》の辰、泳ぎはとくいちゅうのとくいである。

彦三郎とお俊とお町

——このお娘ごはお俊の妹じゃそうで——

女はかなりの水を飲んでいたが、さいわい手当てがはやかったので、生命にはべつじょうないようすだった。また、京造もふた太刀ほど、脇腹をえぐられていたが、どうせ女の細腕のこと、これまた生命にかかわるようなことはなかった。

「親分さん、お、お願いです。このこと、だれにも内証《ないしょ》で……、その女がかわいそうです。お町は勘違いしているのです。いまにわかります。はい。いまにわかります」

京造は若いに似あわぬ気丈者で、救われると、みずから指図して、お町もろとも、池の端の隠居所へかつぎこまれた。

「いいえ、黒門町へ報《し》らせてはいけません。騒ぎが大きくなれば、この女がどのようなおとがめを受けようも知れず、そ、それがふびんとおぼしめしたら、どうぞ内証で……」

どうもわからない。

京造はあやうく殺されかけながら、あくまで、女をかばおうとするようす、女といえば、いまはもうすっかり水を吐いて、ただださめざめと泣くばかり。

「和泉屋さん、それゃ黙っていろとおっしゃれば、黙っていましょうが、しかし、それはいったいどういうわけです。あっしも十手をあずかっている身の上、これだけの大騒ぎをさせながら、ただ黙っていろとだけじゃどうにもねえ」

「ごもっともでございます」

京造は苦しい呼吸《いき》のうちにも、礼儀正しく手をつかえ、

「お玉が池の親分さんは、おなじ御用聞きのお仲間でも、人情にあつい、よくものわかったおかたとやら、そこを見込んで、わたしの知っているだけのことはお話しいたします。足らないところは、あのお町さんからお聞きくださいまし」

京造はじっと女の横顔を、あわれむように眺めながら、

「親分さん、嘘とおぼしめすかも知れませんが、わたしもついさきほどまで、この人を知りませんでした。いいえ、会ったこともなければ聞いたこともないまったくの他人。ところがさきほど、これ、このような、お俊のことでぜひ話したいことがあるという手紙を堀の舟宿からくれまして、それでわたし、ふしぎに思いながらも、ふびんなお俊のこと、なにか手懸かりがあろうも知れずと、手紙の指図どおり代地

河岸で待っていたのです。この人に会ったのはそのときがはじめてでしたが、でも、舟のなかで話をきいて、すぐにわかりました。親分さん、この娘はついせんだって殺された、あのかわいそうな、お俊の妹じゃそうにございます」

「え？　お俊の妹」

「はい、お町というのだそうで」

「そのお町さんが、なぜまたおまえさんを殺そうとしたンだ」

「それが、お町さんは勘違いしているのでございます。お俊を殺したのはかくいうわたしだとばかり思いこんで、いいえ、お俊ばかりではない、昨年殺されたわたしの養母お源、あれを殺したのもやっぱりわたしだと思いこみ、姉と兄の敵を討つつもりだったのでございます」

「なに、兄とは」

「はい、わたしでさえちっとも知りませんでしたが、お俊は去年、わたしの養母を殺したかどで、八丈島へ送られた、彦三郎さんの妹だそうでございます」

ほっと溜《た》め息つくようにいう京造のことばに、お町はとつぜん泣きくずれた。この意外な事実に、さすがの佐七もおもわずあっと舌を捲《ま》いたのである。

京造さえも知らなかった。お俊にそんなかくしごとがあることを。

——お町の話によるとこうである。

彦三郎、お俊、お町の三人は信州辰野のうまれ、彦三郎はお六櫛《ろくぐし》の行商で江戸へ出たのが縁になり、その後しだいに得意もふえ、江戸にいくつもりで、こまかいながらもしだいに手をひろげていたが、そのうち、起こったのが去年のあの災難。

彦三郎はあわれにも、お源殺しの下手人として八丈島へ送られた。故郷にいてそれを聞いたお俊とお町、どのように歎《なげ》き悲しんだろう。

ふたりはどう考えても、兄がそんな恐ろしいことをするひととは思えなかった。そこで姉のお俊がことしの春、ようすをきくつもりで江戸へ出てきたが、人づてにきくとどうも京造があやしい。そこで近寄って気長に詮議《せんぎ》するつもりで、つてを求めてうまいぐあいに和泉屋へ住みこんだが、敵とねらう男は意外にもやさしい人だった。

お俊は兄に悪い、妹に悪いと、心に責められながらも、いつしか京造とわりない仲になってしまったが、そのうち、朋輩《ほうばい》の口がうるさいので、池の端の隠居所へかこわれることになった。

ふつうの女ならば、怯《お》じ気をふるっていやがるところだが、お俊にはこれこそもっけのさいわい、なにか人目につかぬ手がかりが、この家のなかに残ってはおりはせぬかと、ひそかに探索していたらしい。

「それが、それが、あんなことになってしまって……」

と、お町はよよとばかり泣きむせぶのだ。

「なるほど、それは気の毒な話だ。兄といい、妹といい、よっぽど不運なまわりあわせだが、しかし、お町さん、おまえさんはいつ江戸へ出てきなすった」

「はい、姉が殺されたあの夕方でございます。姉ではらちがあかぬので、業を煮やして出て来たのでございますが、旅のつかれでぐっすり寝込んでしまったのがわたしの不覚、おなじ家のなかで、姉さんが殺されたのも知らずして……」

夜中にお町が目をさますと、姉がいない。しかもそこは血だらけである。恐ろしくなってお町は夢中でとび出したのだが、そこを豆六に見付けられ、後をつけられたというわけだ。

なるほどお町も江戸ははじめてだった。どちらも江戸になじみのうすいお町と豆六、このふたりが追いつ追われつしていたのだから、これではふたりとも、飲むひまも食うひまもなかったにちがいない。お町は逃げまわっているうちに、読売りの瓦版《かわらばん》で姉の殺されたことをしり、それを京造のしわざと思いこんだのである。あとで聞くとお町は、豆六をいちずに京造のかたわれと思いこみ、夢中で逃げ廻《まわ》ったあげく、わけもわからずに舟宿へとびこんだというのである。

「ほほう、するとあの晩、おまえさんはこの隠居所にいなすったのか。それではおまえさんに聞けばわかるだろうが、お俊さんの蚊帳《かや》のなかにあったあの螢《ほたる》、ありゃいったいどうしたのですえ」

「はい、あの螢なら、わたしが土産に、故郷《くに》から持ってきたものでございます」

「なに、故郷から」

「はい、わたしの故郷の辰野というのは、むかしから螢の名所、姉がかねがね螢を懐しがっておりましたゆえ、土産に持参したのでございます。姉はたいそう喜んで、寝るときも、それを蚊帳のなかにはなって興じておりました」

なんだ、そんなことだったのかと、さすがの人形佐七も、すくなからず拍子抜けのていだったが、いやいや、そうではない。

この螢こそ、お俊殺し――ひいてはお源を殺した下手人を、白日のもとに照らし出すみちしるべになったのだから、因果はあらそわれないものだった。

と、いうのは、一同がこんな話をしているおりしもあれ、一陣の風がフーッと吹きこんで行燈《あんどん》の灯《ひ》をふき消した。が、そのとたん、一同はあっと呼吸をのみこんだ。

真っ暗になった部屋の一隅から、なにやらチラチラ、ほのかな光が洩《も》れてくる。

おやと、瞳《ひとみ》をこらしてみれば、床の間の壁のすきから、二つ、三つ、四つ、チラリフワリと洩れてくるのは、まぎれもなく飛び交う螢火。

どうやらこの床のむこうに隙間があって、そこへ螢がまぎれこんでいるらしい。

だが、それにしても気味悪く、一同は幽霊でも見たように、このほのかに明滅する光を見ていたが、とつぜん佐七が立ち上がって、つかつかと床の間へかけのぼった。

「みなさん、みなせえ。この床の間の壁は動きますぜ。ほら、ほら、この壁になにやら仕掛けがあるらしい。あっ！」

と、佐七がとびのいたとたん、がらりと壁がどんでん返し、横へさっと開いたと見るや、そのとたん、壁の背後から、思いがけなく、

「うわっ！」

と、いう人の悲鳴だ。

「辰、灯だ。灯を持って来い」

言下に辰がふたたびともした行燈の灯を、さげてつかつか近付いてみれば、床の間のうしろは二畳敷きぐらいの空間になっていて、そこに盗まれたはずのお源の小判に埋もれて、ひくひくと断末魔の痙攣《けいれん》をしているのは、まがうかたなき番頭金兵

衛。舌噛《か》み切って、顎《あご》のあたりに血がいっぱい。

――その物凄《ものすご》い顔のうえを、螢が二つ三つとんでいるのである。――

魔がさした石部金吉

――一に眼、二に機転とはほんまやな――


お俊殺し、ひいてはお源殺しの下手人も金兵衛だった。

お源がこういうかくし場所をしつらえて、金をたくわえていることをひそかに知った金兵衛は、彦三郎の手拭《てぬぐ》いでお源を殺し、まんまと首尾よくその罪を、彦三郎におっかぶせたばっかりか、さいわいだれもこの床の間のおくの、秘密に気がつかぬのをよいことにして、ときどきやってきては、小出しに金を引き出していたのだが、そこへお俊が住み込むにおよんで、金兵衛の計算は大きく狂ってきた。

お俊も殺され、金兵衛も舌かみ切って死んでしまったいまとなっては、お俊殺しの真相は知るよしもないが、あの晩、金兵衛はお俊を口説いて仲間にひっぱり込もうとしたのか、それとも、はじめからお俊を殺そうとして忍んでいったのか……。

いや、いや、ああして葛籠《つづら》を用意していっているところをみると、金兵衛ははじめから、お俊を殺すつもりだったのだろう。お俊を殺して葛籠づめにして、不忍池《しのばずのいけ》の底深く沈めてしまえば、世間ではお俊が情夫《おとこ》でもつくって、出奔したのだろうと思い込むだろう。そうしたらあの隠居所ももういちど空き家となり、おのれの出入りも自由自在。そこが、金兵衛の狙いだったのではないかといわれている。

ただここに不思議なのは、あの秘密の金のかくし場所に、螢が二、三匹迷いこんでいたことである。

佐七はそれについてこう解釈をくだしている。

まんまと首尾よくお俊を殺したものの、そのお俊もここにいるあいだに、あのかくし場所を発見して、少しは金を持ち出しているのではないかと、そこが下素《げす》の根性で、いちおう秘密のかくし場所をひらいて、なかを調べてみたのではないか。そのとき蚊帳からぬけだした螢が二、三匹迷いこみ、それがけっきょく命取りになったのではないかと。

金兵衛もお俊の蚊帳におびただしい螢がいたのには、おどろいたにちがいないが、そんなことを、ふかく考えているひまはなかったにちがいない。と、いって、その螢を放ってしまうわけにはいかなかった。そんなことをすれば近所の疑惑をまねくは必定。そこで螢ごと池の底へ沈めるつもりだったのだろうが、ここに哀れをとどめたのはお俊である。

久しぶりに訪ねてくれた妹のお町を、お俊はせめてつぎの間へでも、寝かせておけばよかったのである。しかし、ひょっとすると夜おそく、旦那《だんな》が逢《あ》いにきてくださるまいものでもないと思ったお俊は、そのときのことをおもんばかって、お町を遠くはなれた、女中のお辻の部屋へ寝かせたのである。

そこならば、京造とのあいだに繰りひろげられる、どのようなあられもない睦語《むつごと》から発する女の絶叫や男女の合唱も、とどかぬことになっているはずなのだ。そこいらにも、男に惚《ほ》れた女の心の哀れさを物語っており、ひそかにその間の事情を察した佐七は、お俊をふびんと思わずにはいられなかった。

京造はのちに佐七に打ち明けたというが、先代の歿後《ぼつご》帳面にそうとう穴があいていた。それが金兵衛の仕業だと知ったとき、お源は激怒して暇を出すの、縁を切るのという騒ぎがあった。そのときは金兵衛も平謝まりに謝まり、京造もあいだへ入って詫《わ》びをいれ、お源はお源で金兵衛の、白雲頭《しらくもあたま》時代いらいの忠勤にめで、一時の出来心といったんは許し、こういう騒ぎのあったことも、この三人以外に知らなかったという。

その後、さすがに金兵衛もお店《たな》の勘定に手ちがいはなかったが、そのかわりにお源の溜《た》め込んだ老後のための臍繰《へそく》りに、目をつけたのではないかといわれている。

こういうことは、よくよく綿密に調査してみないとわからないもので、一見石部金吉みたいな金兵衛だったが、家にいる女房子供のほかに、親子ほどとしのちがうかくし女があったらしいといわれている。しかし、そこを追求していくと下谷の伝吉の名折れになるので、佐七がよいかげんに探索を打ち切ったのをよいことにして、その女は金兵衛から搾り取った有金《ありがね》さらって、ドロンをきめこんだというが、いや、金兵衛こそ中年にして身をあやまった男の見本といえよう。

手負いの京造とお町がかつぎこまれたとき、おりからそこへ、金をとり出しに忍びこんでいた金兵衛、出るに出られず、あげくの果てに秘密の場所をかぎあてられ、進退ここにきわまって、舌かみきって死んだのだろう。

こうしてお源殺しの下手人がわかってみれば、彦三郎はむろんのこと無罪放免、その後京造の出資で江戸で小間物店をひらくことになったが、ふしぎなのはお町と京造で、お町もいったんは京造を、兄姉のかたきとして殺そうとしたほどだったが、縁は異なもの味なもの、一件落着後まもなく、和泉屋の嫁にむかえられたという話である。

「ほんまやなあ、兄さん、親分があの壁のうしろに目をつけなはったンはえらい眼《がん》や。一に眼、二に機転、三に度胸――ほんまにえらいもんだンなあ」

これでどうやらお玉が池に、役者が四人そろったようである。

豆六入門が文化十四年の夏五月。その翌年の四月二十二日に文政《ぶんせい》と改元されて、これが天保《てんぽう》と名前があらたまるまで約十三年、これが世にいう文化文政時代である。上《かみ》には五十余人の子女をつくったという、無類の好色将軍家斉《いえなり》をいただき、江戸文化も爛熟《らんじゅく》期をとおりこして、そろそろ頽廃《たいはい》期にむかいつつあった時代のことだから、したがって世相百般も百鬼夜行。腕のある岡っ引きならいくらでも、腕の見せ場のあった時代だ。

このときに当たって神田お玉が池の人形佐七が、いささか悋気《りんき》ぶかいが玉に瑕《きず》だが、そのかわり貞淑なことにかけてはこのうえもないといううえに、いたって機転のきくお粂というよき女房と、そそっかしいことはそそっかしいが、根気のよいことにかけては無類といわれる巾着《きんちゃく》の辰と、顔も長いが気もながいが、それでいて妙に目端の利く豆六という三人をあいてに、繰りひろげていく奇妙奇天烈《きてれつ》、奇々怪々な捕物噺《ばなし》のかずかずを、秋の夜長のつれづれのお慰みのよすがにもと、こういうことをヌケヌケとホザくもんだから、ちかごろの作者は作はヘタになったが、宣伝だけはウマくなったと、悪口をきかれるゆえんかもしれぬから、まずは代《だい》は見てのおかえりということにしておこう。

お玉が池

お玉が池俳諧興行

――白浪の砕けてちるや十手風――

江戸一番の御用聞き、人形佐七がお玉が池にすんでいることは、みなさんすでにご承知のとおりだが、このお玉が池というのは、現在どのへんにあたるかという質問を、筆者はしばしば受けることがある。

そこで、古い地図をしらべてみると、いまの和泉町《いずみちょう》から松枝町《まつがえちょう》、松下町《まつしたちょう》あたりにあったものらしく、太古にはここに大きな池があった。

そのころ、このあたりは奥州《おうしゅう》街道の間道《かんどう》になっていたが、伝説によると、そこにお玉という、美人が住んでいたそうである。

お玉は鄙《ひな》にまれなる美人だったから、いい寄るものも多かったが、なかでも熱心なのがふたりの若者。

お玉はこのふたりの板挟みになって思い悩んだ。甲になびけば乙にすまず、乙にしたがえば甲にすまぬというわけで、気のよわいお玉は、とうとう、この池に身投げしたというのである。

爾来《じらい》、池の名を、お玉が池とよぶようになったというのだが、古記によるとお玉は身投げのさい、いちまいの鏡を懐中していたそうで、その鏡はお玉の肉体がくち果てたのちまでも、ながく池底にのこって、月のよい晩などどうかすると、水中から妖《あや》しい光を発したという。

さて、これでお玉が池の講釈はすんだが、ここに居をかまえている人形佐七、ちかごろ妙な道楽に凝っている。

佐七の道楽というと、にやにやするむきもあるかも知らぬが、さにあらず、こんどはそんな色っぽい沙汰《さた》ではなく、俳句に凝りはじめたというのだから天下太平。

もっともこれには理由のあることで、ちかごろ近所へ越してきた人物に、玉池庵《ぎょくちあん》青蛙《せいあ》という俳句の宗匠がある。

ちかくのことだから、ちょくちょく出入りをしているうちに、佐七もいつか、春雨やなどとやり出したというわけだ。

すると妙なもので、辰や豆六までが見様見真似で、五月雨《さみだれ》やとか秋雨やなどと、季題のあわぬ俳句を作り出した。

すると、女房のお粂までがまけぬ気になって、初時雨《はつしぐれ》――なんてやるもんだから、佐七の家はちかごろとんと、雨漏りでもしているようだ。

これが昂《こう》じると、辰だの豆六だのではうつりが悪い。ひとつ雅号をつけようじゃないかということになって、まず第一に名乗りをあげたのが佐七の十風、これは十手風という意味だそうだから、なるほど御用聞きらしい。

さて、巾着の辰五郎は五辰、うらなりの豆六は裏豆、お粂は粂女とそれぞれ納まり、ではひとつお披露目に、句会を開こうということになり、そこで十風宗匠の出した題というのが「白浪」、さすが御用聞きだけに、どこまでも、盗人《ぬすっと》に縁があるのはたいしたものだ。

その夜、ふたりの宗匠と、ひとりの閨秀《けいしゅう》俳人のよんだ俳句というのを、ご披露すると、

白浪の砕けてちるや十手風　　十　風
白浪をおいかけ行くや御用船　　五　辰
白浪のあとものすごし枯柳　　粂　女

お粂はもと吉原で全盛をうたわれた女だけに、琴棋書画、なんでもひととおりは心得ているが、俳句もどうやら亭主よりうえらしい。

さて、さいごに裏豆宗匠だが、これが妙ににやにやしているから、

「これこれ、裏豆さん、そう気取らずに、おまえさんの発句も出してみさっし」

「へっへ。これぱかりは十風宗匠にもわかりまヘンやろ」

おつに気取って豆六が見せた句というのが、
白浪の菜をひいていく痒《かゆ》さ哉《かな》
「あれ」

と、三人はおもわず顔を見合わせた。

「これこれ、裏豆さん、白浪が菜を引いていくというのはわかるが、それが痒いとはどういうわけだえ」

「そやさかいに、十風宗匠や五辰さんにはわかりまヘン。そら、謎俳句やがな」

「謎俳句?」

「そやそや。シラナミからナを引いてみなはれ。なにになるかわかりまっしゃろ」

「シラナミからナを引く……? シ、ラ……あら、いやだよ。裏豆さん」

「こん畜生」

「へっへ、どんなもンや」

と、裏豆宗匠は鼻たかだかだったが、いずくんぞ知らん、それから間もなくおこ

った事件で、謎俳諧《はいかい》が重要な役目をなそうとは、神ならぬ身の三人、ゆめにも気付かなかったのである。

それはさておき、佐七の師匠、玉池庵青蛙というのはどういう人物かというに、江戸でも一といって二とはくだらぬ大師匠、芭蕉《ばしょう》のおきなの再来とまでいわれている。

さいきんまで深川に住んでいたが、それではなにかと不便であるというので、門人たちが金をあつめて、買いとったのが玉池庵。

これはもと芝札《しばふだ》の辻《つじ》の有名な資産家《ものもち》、釜屋《かまや》という鉄物問屋の寮だったが、ちかごろ住むものもなくあれていたのを、この近所に住む、和泉屋柳雨《りゅうう》という弟子がゆずりうけ、そこへ青蛙宗匠を迎えいれたのが半年ほどまえのこと。

さて、この玉池庵の屋敷うちに、かなり大きな池がある。

坪数にして百坪あまり、水が蒼《あお》んで、藻草がいちめんに池の面をおおうているところは、いかにも古池の面影をそなえている。

近所のひとは、これこそ、お玉が池のなごりであるといっているが、それはどうだかわからない。

しかし、青蛙のおきながこの古池を愛することは非常なもので、そのかみ、深川の芭蕉庵で、流祖芭蕉のおきなが、蛙《かわず》とびこむとよんだ古池もかくやとばかり、日《にっ》夕《せき》、池のまわりを徘徊《はいかい》することをおこたらなかったが、するとまもなく、この池に関連して、ひとつの事件がおこったのである。

盗まれた千両箱

——池の底できらきら鏡が光っている——

それは九月なかばのしとしとと、秋雨の降るある夜のこと、この玉池庵で連句の会があった。あつまったのは柳雨をはじめ、おきなの高弟ばかり、ほかに佐七の十風が、顔を見せているのがめずらしかった。

佐七は連句にかけてはずぶの素人だが、あるじの青蛙とは妙にうまがあって、今夜もひょっこり遊びにきたところがこの会で、亭主の引き止めるままに居坐《いすわ》っていると、まもなく俳諧興行もすみ、あとは師弟うちまじっての四方《よも》山《やま》話。

いずれも風流人ばかりだから、話題もいきおい、諸国の歌枕や、花鳥風月に関することが多かったが、そのうち青蛙のおきながふと膝《ひざ》をすすめて、こんなことをいった。

「ときにみなさん、この庭にある池だが、近所のものはこれこそお玉が池のなごりだといっている。みなさんはそれをどう思《おぼ》し召す」

なんとなく、にやにやした顔つきだから、一同はおもわず顔を見合わせた。

青蛙のおきなはその頃五十五、六、まことに枯れきった風格だが、ときどきいたずらをして、ひとを驚かすくせがある。だから、師匠が改まればあらたまるほど、一同は警戒気味で、

「さあ。……明暦《めいれき》頃の絵図をみると、このへんにお玉が池のあったことはたしかですが、それがこの池ですか、どうですかねえ」

だれかが、どっちつかずの返事をすると、

「いや、ごもっとも、わたしもじつは半信半疑だったが、ちかごろ思いなおしたよ。みなさん、これこそ伝説のお玉が池にちがいあるまいよ」

「へへえ。するとなにか文献でも見付かりましたか」

「いや、文献なんて七面倒なものじゃない。もっとたしかな証拠があるんだ。みなさん、あの池にはお玉の幽霊が出るんだよ」

真顔になっていったから、一同はおもわず顔を見合わせた。なにしろひとをかつ

ぐのが上手なおきな、うかつな返事をするとあとで笑われる。

「へへえ、それはまた風流なことで。お玉が池の伝説は古いことだそうですから、お玉の幽霊も、さぞ、時代ななりをしているでしょうねえ」

「ところが大違いで、幽霊でもそこはわかい娘のこと、流行に遅れてはと思ってるんだろう。いまどきはやりのなりをしている」

と、まじめなのか、冗談なのかわからぬ顔色だった。

「それはまた、心がけのよい幽霊ですが、しかし、どうしてそれがお玉だとわかりました。身の上話でもいたしましたか」

「いや、そうくるとおもしろいのだが、あいては気のよわい娘のことだから、わたしの姿をみると、いつも逃げだしてしまうんだ」

「それでは、お玉だかどうだか、わからないではありませんか」

「いや、ところがここにもうひとつ証拠がある。みなさんもご存じだろうが、お玉は身投げのさい、鏡を懐中していたという。そのころ夜な夜なその鏡が、光を発したということだが、あれ、ごらん。池のなかを……」

青蛙の声に池のほうをふりかえった一同は、おもわずあっと驚きの声をはなった。なるほど、池の底に、なにやらきらきら光るものがある。

佐七はそれをみると、すぐ庭にとびだした。ほかの連中もゾロゾロあとからついていく。

のぞいてみると池はかなり深いらしく、蒼くよどんだ水底には、藻草がいちめんに茂っているが、その草のしたで青い光を発しているのは、たしかに丸い鏡だった。

「なるほど、鏡ですね」

一同はしばらく呼吸《いき》をのんでいたが、門人のひとりがふと思い出したように、

「あれはまさか、おまえさまのじゃ……」

「なんの、なんの……こればかりはいたずらじゃない。なんとみなさん、こうして鏡が沈んでいるからには、これまさしくお玉が池。あの鏡をしたってくるからには、お玉の幽霊にちがいありますまい」

青蛙はそういいながら、佐七の横顔を見つめている。

それからまもなく一同が、妙なかおしてかえっていくと、あとには青蛙と佐七のふたり。

座敷へかえると、佐七は膝をすすめて、

「ときに、宗匠、いまの話はほんとうでしょうね。そして、いったい、その幽霊というのは、どんななりをしているんです」

「そうさな。夜目遠目でしかとはわからぬが、島田に結って、はでな振り袖《そで》を着ているようだ」

「へへえ？　そしてあの池のなかの鏡ですが、あれに気がついたのはいつごろのことで？」

「ふむ、あれか、あれはな、このあいだの嵐に、池の水があふれて困ったことは、おまえさんもしってるね。あのとき藻草が流れたとみえて、わたしが鏡に気がついたのは、その翌晩のことだった」

「なるほど、しかも、ここはいぜん釜屋の寮……」

と、おもわず洩《も》らす佐七のことばに、

「さすがは十風さん、それじゃあのことに……」

「えっ、それじゃおまえさんも……？」

「おお、気がついたからこそ、おまえさんに、しらせてやりたいと思っていましたのさ」

と、ふたりが意味ありげに顔見合わせたのには、ここにひとつの理由がある。

この寮のいぜんの所有者《もちぬし》、札の辻の釜屋には、去年ひとつの騒動があった。

釜屋の主人武兵衛《たけべえ》というのは、日頃から狸穴《まみあな》の駒止《こまどめ》弁天を信仰していたが、去年その弁天様へ千両箱を寄進した。

いかにも資産家《ものもち》とはいえ、千両箱とはたいした寄進だが、これにはわけのあることで、その春武兵衛のひとつぶだね、お七《しち》というのがどっとわずらいついて、いちじは医者も匙《さじ》をなげるほどの重態。

そのとき武兵衛が願をかけたのが駒止弁天、お七の命をたすけてくだされば、千両寄進するとお約束したところが、願いがかなって、お七はまもなく本復した。

そこで、約束どおり千両寄進することになったが、その使者にたったのが、出入りの鳶頭《かしら》で鎌五郎《かまごろう》というおやじ。ところがどういうまちがいか、鎌五郎が弁天堂へ千両箱をかつぎこんだのは、夜も五ツ半（九時）をすぎていた。

そう晩《おそ》くなっては、あずけるところもないので、そこで不用心とは思ったが、そのとき、ひと晩、千両箱を堂内にねかせることにしたが、これがそもそもまちがいのもとで、その夜、黒装束黒覆面の強盗が押し入った。

そして一同をしばりあげると、千両箱をうばって逃げさったが、そのとき、箱のうえにかざってあったのが、駒止弁天の御神体となっている御神鏡、これもいっしょに奪いさられたのである。

むろん、強盗の詮議《せんぎ》はきびしかったが、ここにあやしいのは鎌五郎で、あの晩いらいふっつり姿を消してしまった。

そこでいろいろ調べると、だんだん怪しいふしがある。

まずだいいちに、鎌五郎が千両箱をもって釜屋を出たのは昼過ぎだのに、弁天堂へ着いたのは夜の五ッ半(九時)。これはほかにあずけられないようにと、わざと時刻をおくらせたのではあるまいか。

いったい、鎌五郎というのは五十ちかく、家にはお兼《かね》という女房もあるが、酒はのむ、博奕《ばくち》はうつで、近所の評判もよろしくない。げんに琴次郎といって、無事でいれば二十二になる息子があったが、おやじに愛想をつかして、三年まえに家出をしたきり、いまもってゆくえがわからないというくらい。

そんなことから、犯人はてっきり鎌五郎ときまったが、さてそのゆくえはわからずじまい、千両箱も御神鏡もいまもって出てこないのである。

ところが釜屋武兵衛だが、せっかく寄進した千両箱を盗まれたので、いちじはがっかりしたが、やがてまたあらためて、千両寄進についたから、さすが資産家はちがったものだ、と、当時もっぱら評判だった。

「それじゃ宗匠、おまえさんも池のなかにあるのが、駒止弁天の御神鏡だとお思いですかえ」

佐七が訊《たず》ねると、青蛙もまじめな顔をして、

「十風さん、それをたしかめるのがおまえの役目だ。あすあの池を浚《さら》ってみたらどうだね。なにかおもしろいものが出るかもしれないよ」

おきなは、なにか考えがあるらしい口ぶりだったが、そこへ顔を出したのが、お芳《よし》といって、この家の下婢《かひ》。

「あの、旦那様《だんなさま》」

お芳はおどおどした目付きをして、

「もう、やすませていただいても構いませんか」

「ああ、お芳か、おやすみ、おそくなってすまなかったね」

青蛙がおだやかにこたえると、お芳は無言のまま頭をさげて引きさがった。お芳というのは四十四、五、ちかごろ玉池庵に住みこんだのだが、どこか影のうすい女だった。

身に覚えのない連句

――峠路やみねもしぐるる旅ごろも――

さて、その翌日の朝まだき、佐七は辰と豆六をひきつれて、玉池庵へでむいていくと、どうしたものか表があかないばかりか、いくら呼んでも返事がない。ふしぎに思って、庭のほうへまわってみて、三人はあっと立ちすくんだ。もんだいの池のほとりに女がひとりたおれているのだ。

「あっ、親分、あれゃお芳じゃありませんか」

駆けよって抱きおこしてみると、まぎれもなく女中のお芳が、むざんにうしろからバッサリ、けさ斬りにきりおとされて、むろんすでに息はなかった。

それにしても、ふしぎなのはお芳のみなりで、腰からした、ぐっしょり泥にぬれて、藻草さえからまりついている。

「親分、これはどないしたンだっしゃろ。お芳のやつ、池の中へ入りよったンだッしゃろか」

佐七はお芳を抱いたまま、きっと池のなかを見つめていたが、そのとき、さっと頭をかすめたのはおきなのこと。お芳がここで殺されているようでは、もしやおきなも……と、座敷のほうへかけつけると、案の定、雨戸がいちまい開いている。しかも、そこから奥のほうへ、ずっとつづいているのは土足の跡。

「辰、豆六もこい」

佐七はすぐさま縁側へとびあがったが、するとそのとき、どこかで苦しげなうめき声。それをきくと三人は、ぎょっとしたように立ち止まったが、うめき声はどうやらはなれ座敷らしい。

「親分、あれゃアたしかに宗匠ですぜ」

「よし、こい」

はなれ座敷は縁側をまがったところにある。佐七はまっさきにその居間へとびこんだが、とたんとあっと後退《あとずさ》りした。

青蛙のおきなが畳のうえにつっ伏して、バリバリと畳の目をひっかいている。背中からはおそろしい血が吹き出して、あたり一面からくれない。その血にまじって土足の跡が、べたべたとついている。

佐七はすぐに気を取りなおし、青蛙のからだをだきおこすと、

「宗匠、宗匠、しっかりしておくんなさい。下手人はだれだ」

きいてみたが、むろん青蛙は口もきけない。ただ苦しげなうめき声が唇をもれるばかり。

「辰、豆六、なにをまごまごしていやアがるんだ。はやく医者を呼んでこい」

怒鳴りつけられて、はっと気づいたふたりが、かけだすうしろから、

「ついでに、かどの和泉屋の旦那にもしらせてこい」

和泉屋の旦那というのは俳名柳雨、青蛙のおきなの高弟で、いちばん有力な後援者だった。

やがて医者がくる。和泉屋柳雨がくる。和泉屋から使いをはしらせたとみえて、近所にいる弟子たちもかけつけてきて、玉池庵はうえをしたえの大騒動。なにしろ父ともあおぐ師匠だから、弟子たちもあおくなって心配している。

やがて、医者はひととおり手当てをしたが、助かるとも助からぬともいわぬ。

「なにしろご老体のことだから……」

と、おなじく弟子のひとりの医者のことばに、あつまった弟子たちは、いちようにくらい顔を見合わせていたが、やがて、和泉屋柳雨が佐七のほうをむきなおると、

「もし、親分、一刻もはやく下手人を捕えてくださいまし。仏のようなこのひとを、手にかけるとは鬼のようなやつでございます」

柳雨はもう涙声だった。

「いや、よくわかりました。師匠のかたきはきっと捕えてお目にかけます。そのかわりみなさん、ご介抱のほうはくれぐれもよろしくお願い申します」

と、瀕死《ひんし》の青蛙を、弟子たちの看護にゆだねた佐七が、やってきたのははなれ座敷。畳にしみついた血の跡や、土足の跡をながめていたが、そのときふと目についたのは机のうえ。

青蛙のおきなは机にむかっているところを、斬られたらしいのだが、みると、机のうえにのべられた紙に、連句が六句書きつらねてある。

なにげなくその句に目をやって、佐七はおやと眉《まゆ》をひそめた。

「辰、豆六、ちょっとこれを見ろ」

「へえ？　親分、なにもこんなさいに、連句なんかみなくってもいいじゃありませんか」

「まあ、いいからここをみろ」

「へえ」

と、ふしぎそうに指さされたところをみて、辰も豆六も、あっけにとられて目をパチクリ。

「親分、こら、いったいどないしたンやろ」

と、三人が三人とも、狐につままれたような顔をしたのもむりはない。

その連句というのはつぎのとおりである。

　峠路やみねもしぐるる旅ごろも　　　青蛙
　　寺あれ果てて住持いずこに　　　十風
　主もなき宿に虫の音すみわびて　　　五辰
　山門の仁王いまも踏まえど　　　裏豆
　草とれば茨《いばら》の節に指さされ　　　青蛙
　　竹吹きたおすやまおろしの風　　　十風

「これ、五辰に裏豆、おまえたち、こんな連句やったことがあるかえ」

「いいえ、親分、あっしゃすこしも覚えがございません」

身におぼえのない連句、しかもこれは青蛙が斬られるまえに、書いたものらしいのである。

三人はしばらく、あっけにとられた顔を見合わせていたが、やがてなにを思ったのか、佐七はそのいちまいを手にとると、ていねいにたたんで懐中におさめた。

三人三様の下駄の跡

――千両箱は、石や瓦や鉄屑ばかり――

佐七はそれから庭へおりて、池のまわりをしらべてみた。

お芳の死骸《しがい》は、すでに家のなかへかつぎこんであったが、斬られたあとには血だまりができている。ゆうべの雨は、夜中ごろにはやんだはずだが、お芳がぐっしょり髪の根まで、濡《ぬ》れているところをみると、惨劇のおこったのは、まだ雨の降っている最中だったらしい。

佐七はしばらく池のふちをまわっていたが、やがて辰と豆六をふりかえると、

「ふたりとも見ねえ。ゆうべこの池のそばにきたのは、お芳と下手人ばかりじゃねえ。ここにもうひとつべつの足跡がある」

それは駒下駄《こまげた》の跡で、池のむこうから垣根のやぶれまでつづいている。どうやらそこから忍びこんだらしいのだが、お芳の殺された池のてまえまではきていない。池のむこうの繁みのなかに、しばらくかくれていたあげく、またこっそり垣根のやぶれから、外へ出ていったらしい。

「親分、これゃ女ですね」

「ふむ、そうらしいな」

下駄の跡はたしかに女である。しかしその歩きかたには、すこし妙なところがあった。はいってくるときはひどい内股《うちまた》なのに、出ていくときは男のような外股の、しかも、かなりの大股で歩いている。豆六もそれに気づいたらしく、

「こら、親分、忍びこんだときは、びくびくしていよったンやが、出ていくときにはめちゃくちゃに、かけだしよったにちがいおまへンで」

そうかもしれなかった。しかし、どんなに急いだところで、内股の女がこんなにひどい外股になるというのは、変だった。

「それにしても、親分、こいつ下手人となにか、関係があるんでしょうか」

佐七もいま、それを考えていたところだ。下手人の足跡はそれとはべつに、庭の木戸からはいってそこから出ている。それはあきらかに男草履《ぞうり》の跡だったが、その草履のあとと足駄の跡が、いちども交叉《こうさ》していないところをみると、ふたりのあいだに、関係がないと考えるのが至当らしかった。

さて、第三にお芳の足跡だが、これは台所の水口から、池のほとりまできているが、どうやらお芳は池のなかへ入っていったらしい、そして、出てきたところをバ

ッサリ斬られたらしいのは、腰からしたがぐっしょりと、泥水に濡れていたところからでも察しられるのである。

「辰、豆六、ご苦労だが、これはやっぱり、池のなかへはいってもらわずばなるめえな」

「ええ、ようがすとも。豆六、はいろうぜ」

骨惜しみをするようじゃ、御用聞きは勤まらぬ。辰と豆六はすぐ裸になると、ざぶざぶと水のなかへはいっていった。

当時の九月なかばはいまの十月なかば。

「わっ、こらつめたい。そして、親分、ゆうべ鏡がみえたちゅうのンは、いったいどのへんだす」

「もっとさきだ。池のまんなかへんだとおぼえている。おや、案外深えんだな」

広さのわりには深い池で、水ぎわから二間もいくと、水はふたりの乳のあたりまでとどいた。

「親分、こりゃいけねえ。ちょっと捕縄を貸してください。おっとしょ。豆六、てめえこの縄のはしをもってくれ。これゃどうでももぐらなきゃなるめえぜ」

捕縄のはしを、腰のまわりにまきつけた巾着《きんちゃく》の辰は、歩けるところまであるいて

いくと、

「豆六、しっかりそのはしを握っていてくれよ。なにしろ、ひどい藻だから危なくてしょうがねえ。親分、このへんですかえ」

「ふむ、もう少しさきだ。おお、そのへんだ」

巾着の辰はそこでくるりと身をおどらせると、まっさかさまに、水の中へもぐりこんだ。

泳ぎは辰の十八番、しばらく両脚で水をけっていたが、やがてすっかりからだが見えなくなった。

一瞬――二瞬――やがてぽっかり浮きあがったが、その顔を見たとたん、ふたりはプッと吹き出した。

「わっ、兄哥《あにい》、あんたまるで河童《かっぱ》やがな」

豆六が笑い出したのもむりはない。頭から藻草をかぶった辰の顔は、奥山《おくやま》にでる河童の見世物にそっくりだ。

辰は面をふくらして、

「なにをいやアがる。笑いごとじゃねえぜ」

「すまねえ、すまねえ。鏡は見つかったか」

「まあ、そう急がねえでください。なにしろひどい藻だから、いちどや二度じゃ駄目でさあ」

それからつづけさまに二、三度もぐっていたが、やがて、手にして浮かびあがったのは、古色をおびた青銅の鏡。

「やっ、あったな」

「豆六、ちょっとこれを持っていてくれ。親分、またなにか変なものがあるようです」

鏡を豆六にわたすと、辰はまたもや水中にもぐりこんだが、やがて浮かびあがった辰の顔をみると、すっかり度肝をぬかれた目の色をしている。

「辰、どうした、なにがあったンだ」

「お、親分、た、たいへんだ。せ、千両箱だ」

「なに、千両箱？」

「へえ、たしかに千両箱です。豆六、おまえも手を貸せ」

と、そこで辰と豆六が力をあわせて、まずひきあげたのが千両箱。

「辰、このほかにまだあるのか」

「へえ、なんだかまだ、えたいのしれねえものが沈んでるようです。あっしが綱のはしを結びつけますから、親分、そこから引っ張っておくんなさい」

やがて辰があいずをすると、佐七と豆六がわっしょいわっしょいと引き上げる。蒼《あお》い水をさわがせ、藻草をわけて、しだいしだいに水際へ、引きよせられる黒いかたまり。――

それをみると、佐七はなんともいえぬ胸騒ぎをかんじた。

「どっこいしょっと!」

やがて、最後の掛け声もろとも、池のほとりへ引き上げられたのは黒い一物。佐七はつかつかそばへより、おおいかぶさっている藻草をとりのけ、泥を洗いおとしたが、とたんに辰と豆六は、

「わ、こ、こりゃ!」

と、腰を抜かさんばかりに驚いた。

むりもない。それはまぎれもなく人間の白骨なのだ。肉はすっかり朽ち果てていたが、五体はちゃんと揃っている。

そして、その白骨を包んでいるのは、黒装束に黒頭巾《ずきん》、しかもその黒装束をみると、右の肩から左へかけて、すうっとひと太刀斬られた跡がある。

あきらかにこの白骨のぬしは、うしろからけさ斬りにきられたあげく、重石《おもし》をつ

けて、池底ふかく沈められたものにちがいなかった。

「ふうむ。酷《ひど》いことをしやアがる」

佐七はしばらくその白骨を睨《にら》んでいたが、やがて思い出したように、さっき引き上げた千両箱をこじあけると、とたんにまたもや、ウームとばかりに唸《うな》ったものである。千両箱のなかは石や瓦《かわら》や鉄屑《てつくず》ばかり、かんじんの小判はいちまいもなかった。

連句が示す下手人の名
――辰はいささかいまいましそうに――

「親分、これゃどうしたんでしょう。だれが小判とすりかえやがったンでしょう」

「そら、兄哥、わかってるがな。この黒装束をバッサリ殺《や》ったやつが、小判を盗んで、あとは重石に、石や瓦を詰めこみよったにちがいない」

「ふむ、しかし、豆六、この黒装束をおまえはいったいだれだと思う」

「親分、ひょっとすると、鎌五郎じゃございませんかえ」

辰のことばに佐七はハタと両手をうって、

「えらい、よくそこへ気がついた。ときに、辰、豆六、おまえたち、いま冷《つ》めたい思いをしたばかりのところを気の毒だが、これからちょっと、使いにいってきてくれ」

「へえへえ。どこへ参りますんで」

「この鏡をもって駒止弁天へいってみてくれ。去年盗まれた御神鏡というのは、これじゃないかきいてくるんだ」

「おっと、がってんです。豆六、行こうぜ」

「おいおい、待て待て。気の早いやつだな。まだ用事があるンだ」

「へえ、どんな用事だす」

「鎌五郎のうちにゃ女房がいるはずだな。その女房を呼んできてくれ」

「へえ、わかりました。兄哥、いきまほか」

なにしろ尻《しり》のかるい連中で、辰と豆六は、からだを洗ってとび出したが、やがて昼過ぎにかえってくると、

「親分、やっぱりおまえさんのいうとおりです。あれは駒止弁天のご神鏡にちがいねえそうで。堂守りはとても喜んでおりましたぜ」

「ふむ、やっぱりそうか。そして鎌五郎の女房はどうした」

「ところが、親分、そのお兼ちゅうのンは、半年ほどまえに、家をたたんで、どっかへいてしもたちゅう話や」

「なに、お兼の居所はわからねえのか」

「へえ、近所のものにきいてもわかりませんので。しかたがねえから、釜屋の番頭、伊十郎《いじゅうろう》さんにきて貰《もら》いました。伊十郎さん、なにも怖がることはねえ、まあ、こっちへきなせえ」

紺の前垂れをした伊十郎は、年配四十あまり、実直そうな男だった。

「おお、おまえさんが釜屋の番頭さんか。手間をとらせてすまねえ。おまえさんは、鎌五郎をよくしっているだろうねえ」

「はい、お店の出入りでございましたから。……もし、親分さん、いまうけたまわれば、こちらに鎌五郎らしい白骨が出たとやら、もし鎌五郎ならば、たとい、骨になっていても、見わける方法がございますンで」

「なに、骨になっても見わけられる？　そいつは好都合だ。それじゃひとつ見てもらいましょうか」

裏の女中部屋へつれていくと、そこにはお芳の死骸《しがい》とならんで、あの気味わるい白骨がよこたわっている。伊十郎は恐ろしそうに身ぶるいしていたが、やがて白骨

の右脚を調べると、

「はい、まちがいございません。これはたしかに鎌五郎でございます」

「伊十郎さん、どうしてそれがわかります」

「親分、ごらんくださいまし。この右足は人指し指と、中指の骨がくっついておりますす。これがなによりの証拠で、鎌五郎はむかしから、じぶんは片輪だとよく申しておりました」

なるほどみると骸骨の指は、二本がひとつに癒着しているのである。

「おお、そうか。それほどたしかな証拠があれば、こいつ鎌五郎とみて差し支えねえな」

「はい、まちがいなかろうと思います。しかし、親分さん、鎌五郎がどうして……」

と、いいながら、なにげなくとなりによこたわっている、お芳の顔に目をやったとたん、伊十郎はあっとばかり唾《つば》をのんだ。

佐七ははやくもその顔色をみてとると、

「伊十郎さん、おまえこの女を知っているのか」

「知っているだんではございません。親分、こ、これゃ鎌五郎の女房、お兼で……」

これをきいて三人は、思わずあっと顔見合わせた。なるほどこれでは、お兼の居所がわからなかったのもむりはない。お兼は名をかえ、素性をいつわり、この玉池庵へ入り込んでいたのである。

　さて、その夜のこと。

　お玉が池の佐七の家では、佐七をはじめ辰と豆六、それに、女房のお粂までが額をあつめて、妙な連句と首っぴきだった。

　身におぼえのない連句、それを斬られるまえに、青蛙のおきなが書いていたとしたら、これは取りもなおさず佐七にあてた、一種の暗号ではあるまいか。——と、いうのが佐七の意見なのである。

「ねえ、おまえさん、あたしゃこれゃ、漢字の謎じゃないかと思うよ」

「漢字の謎というと？」

「ほら、この一句ね、峠路やみねもしぐるる旅ごろもとある、この峠という字、これは山偏に上下と書きます。さて、峯といえば山の上だから、山の上がしぐれてみえなくなれば……」

「あっ、なるほど、すると下という字が残るわけだな」

「ああ、そやそや、すると、こら、謎俳諧《はいかい》やな」

　謎俳諧とわかると、豆六はにわかに元気づいた。草双紙通の豆六は、またこういう謎解きがだいすきなのである。

「こら、おもろい。そんなら第二句目は、わてが解きまほ。こうっと、寺あれはて住持いずこにやな。つまりお寺があれはててなくなったらちゅうわけや。ところでここに持つという字がおます。持から寺をのけると、手偏だけ残って、こら手という意味やないか」

「なるほど、こいつはおもしれえ。それじゃ三句はおれが解こう」

と、佐七も面をかがやかせて、

「主もなき宿に虫の音すみわびてか。こいつはやさしいや。住みわびるの住むという字は人偏に主、その主がいねえンだから、人偏だけ残ってこりゃ人だ。こうっと、最初の句が下で、第二句は手、そしてこいつが人とすると、……あっ、下手人だ」

そこで四人はおもわず顔を見合わせた。

こうしてりっぱに言葉をなすところをみれば、いま四人が解いている方法の、間違いではないことがわかるのだ。

こうなると、豆六はいよいよ乗り気になって、

「親分、こらきっとこのあとに、下手人の名前が出るにちがいおまへンで」

「ふむ。そうかもしれねえ。さて第四句目だが……」

第四句は、山門の仁王いまも踏まえどだが、これはなかなかむずかしい。四人はさんざん頭をしぼったが、どうしてもわからない。

「おまえさん、それじゃこれは、あとまわしにしようじゃないか。つぎのがわかれば、しぜんに解けてくるかもしれないよ」

「ふむ、それじゃ第五句目にとりかかろう。草とれば茨《いばら》の節に指さされ。ふむ、こいつは簡単だ。いばらという字は茨と書く。これから草をとれば次という字だ」

「そやそや、そしていちばんどん尻《じり》は、竹吹きたおすで、竹がなくなるねン。こうっと竹という字がつく字は……」

「豆さん、それゃ五句目にある、茨の節の節という字じゃないかえ」

「おっ、そうだ。節から竹をとれば郎という字に似てらあ。そうすると、さいしょから読めば下手人何次郎」

とたんに、四人の頭にさっとうかんだのは、鎌五郎の息子琴次郎のこと。そこであらためて、第四句目に目をやったらうらなりの豆六。

「親分、わかった、わかった。仁王はつまり二王、王がふたつや、それが今という字を踏まえれば、琴という字になるやおまへンか」

謎は解けた。

下手人琴次郎——こうしてりっぱに、意味をなすからには、この答えにまちがいがあろうとは思われぬ。一同はパッとおもてを輝かせたが、なかにひとり、辰だけは詰まらなそうに、

「それにしても親分、宗匠もくだらねえ真似をするじゃありませんか。下手人が琴次郎なら、ちゃんとそう書いとけばいいものを」

こういう謎解きなどとくると、いたって不得手な巾着《きんちゃく》の辰、豆六の得意顔をみるにつけても、いささか中っ腹なのである。

佐七はわらって、

「そうはいかねえ。下手人だって字が読めようじゃねえか。そうあからさまに書いておいちゃ、なんでそのまま見遁《みの》がすものか。こうしておいたからこそ、なンにもしらずに、下手人のやつも見遁がしたのだ。それにしても、おきなはどうして、琴次郎のやつを知っているンだろう」

そこにはまだ、解けやらぬ謎がのこっている。

札の辻小町釜屋お七

——御家人くずれの鷺坂駒十郎——

「おや、親分、あれゃ釜屋の娘お七ですぜ」

その翌日お昼過ぎ、なにはともあれ、琴次郎のゆくえを探さねばならぬと、佐七は辰と豆六をひきつれて、釜屋のちかくまでやってきたが、そのとき、むこうからそわそわと、急ぎあしできた娘。巾着の辰はそれをみると、すぐそうささやいて佐七の袖《そで》をひいた。

「ふむ、あれが釜屋の娘か」

「へえ、ちがいございません。きのう番頭の伊十郎と話をしているとき、奥からちょっと顔をみせました。なあ、豆六、ちがいねえな」

「そやそや、たしかにちがいおまへン」

お七はとしごろ十七、八、札の辻でも小町娘という評判があるくらいで、派手な振り袖に赤い手がらをかけたところは、なるほど、絵から抜け出したようにかわいい姿だ。

「それにしても、あのお七、いったいどこへ出掛けやがるンだろう。なんだか妙にそわそわしてるじゃありませんか」

「ふむ、大店の娘が供をつれず、出掛けていくというのは腑《ふ》に落ちねえ。ひとつあとを尾《つ》けてやろうじゃねえか」

三人が尾けているとは、夢にもしらぬこちらはお七。とちゅうで辻駕籠《つじかご》をひろって乗ったから、佐七はいよいよ怪しんだ。駕籠に乗るんなら、家から乗って出ればよいのである。釜屋ほどの大店だから、出入りの駕籠屋がないとは思えぬ。それをこうして辻駕籠を拾うところをみると、行く先を知られたくないにちがいなかった。

佐七はなんとなく胸がおどったが、と、その袖をぐいとひいたのは豆六だ。

「親分、あれ見なはれ。あの侍め、お七の駕籠をみると、顔色かえましたぜ」

なるほど、お七の駕籠といきあった侍が、路傍に立ってしばらくあとを見送っていたが、やがて踵《きびす》をかえすと駕籠のあとを追いはじめた。

「おや、あいつ妙な真似をしやアがる」

「ふむ、こいつはいよいよ面白くなってきた。辰、豆六、あの侍に気取られるな」

侍というのは年のころ二十五、六、ひとめで御家人くずれとわかる風体だ。のびた月代《さかやき》、色白の凄味《すごみ》な顔立ち。

だが……。そういう尾行者があろうとは、侍もしらねばお七もしらぬ。やがて駕籠がついたのは芝の神明《しんめい》、宮芝居でもかかっているのか、古びた幟《のぼり》がひらひらしていた。

お七はその門前で駕籠を捨てると、神明わきの花吹雪《はなふぶき》という、小意気な料理屋へ入っていった。それをみると尾行の侍、ふところから頭巾《ずきん》を出しておもてをつつむと、これまたさりげないようすで、花吹雪へ入っていく。あと見送って顔見合わせたのはこちらの三人。

「親分、するとお七はあの侍と、しめしあわせてここへきたんでしょうか」

「いや、そうじゃねえらしい。お七は、あの侍が尾けてきたことなど、ゆめにも知らぬにちがいねえ」

そのときである。またひとり、若い男が花吹雪のなかへ入っていく。どうやら宮芝居の役者らしく、撫《な》で肩のほっそりした姿は、女のようにやさしかった。年ごろは二十前後だろう、横顔が路考《ろこう》そっくりのいい男振り。

花吹雪の女中はその姿をみると、

「おや、琴次郎さん、お嬢さんがさきほどから、お待ちかねでございますよ」

そういう声がおもてまで聞こえたから、佐七をはじめ辰と豆六、おもわず顔見合わせた。

琴次郎――それではあの男は役者になっていたのか、なるほど、宮芝居の役者となって、旅から旅へとまわっていれば、ゆくえがわからないのも当然だった。

「親分、野郎がたずねる琴次郎だ。踏みこんでふんじばってしまいましょうか」

辰五郎が意気込むのを、

「まあ、待て、おれにはどうもうなずけねえ」

いまの琴次郎の姿をみると、佐七はすっかり当てがはずれた。あのなよなよとしたからだで、あんな大胆な兇行《きょうこう》が演じられようとは思えない。しかもお兼は琴次郎にとっては母である。母殺し――いかに人は見かけによらぬとはいえ、琴次郎にそんなことができるだろうか。

「まあ、待て、もう少しようすを見ていよう」

佐七は、花吹雪の女中を呼び出した。女中は佐七の頼みをきくと、ひどく迷惑そうな顔色だったが、ほかならぬ御用の筋とあらば拒むことはできない。やむなく三人をとおしたのは、お七琴次郎が会っているつぎの部屋。どうやらさっきの御家人は、向こう側の座敷にいるらしい。

そんなことはもとよりしらぬお七琴次郎。――そのときお七は、琴次郎のそばに泣きくずれていた。

「琴次郎様、堪忍してください。許してください。おまえさんとの約束をほごにするわけではないけれど、父さんの頼みをきかぬわけにもいかず、わたしゃ、わたしゃ死んだ気になって、あの駒十郎《こまじゅうろう》と祝言します」

お七の泣きじゃくる声につづいて、琴次郎のふかい溜《た》め息。

「お七さん、おまえがそういうのならわたしも諦《あきら》めます。はい、ふっつりとおまえとの縁は切ります。しかし、お七さん、そのまえにぜひともおまえに訊《き》きたいことがある」

「はい……」

「御家人くずれの鷺坂《さぎさか》駒十郎、あの男とおまえのお父《とっ》つぁんとは、いったいどういう関係があるんだえ。おまえのお父つぁんの武兵衛さまは、なにゆえあってあの男のいうことなら、なんでもはいはいときかねばならないンだえ」

それを聞いてこちらの三人、おもわず顔を見合わせた。お七が祝言しようという、鷺坂駒十郎というのは、さっき駕籠をつけてきたあの男ではあるまいか。

武兵衛苦肉の計略

――おきなの度胸にゃ驚きました――

「琴次郎さま、それはあたしにもわかりませぬ。しかし、父さんはあの駒十郎ににらまれると、蛇に睨《にら》まれた蛙同然、ひとたまりもなく縮みあがってしまうンです」

お七はほっとやるせなげな溜め息ついた。

「いったい、それはいつごろからのことだえ」

「はい、去年の春――そうそう、おまえの父さんがゆくえ知れずになって騒いでいるとき、ひょっこりあの駒十郎がやってきて、なにやら父さんとひそひそ話をしていましたが、それからというものは、父さんはもう生きた色もなく、なんでも駒十郎のいうことをきくんです」

佐七は、はてなと首をかしげる。すると、武兵衛は駒十郎に、なにかよくよく弱い尻《しり》を握られているにちがいない。

「お七さん」

琴次郎の声がふいにあらたまった。

「おまえ、うちの父つぁんが、お玉が池の寮で殺されていたことは聞いたろうね」

「はい、それはきのう伊十郎から聞きました。父さんもそれを聞くと気を失って、きょうはもう半病人でございます」

「お七さん、殺されたのは、父つぁんばかりじゃない。おっ母《か》さんもおなじところで殺された。わたしゃ口惜しい。わたしの胸を察しておくれ」

　琴次郎は涙に声をうるませて、

「お七さん、わたしゃおっ母さんが殺される少しまえに会ったンだよ」

「ええっ！」

「まあ、聞いておくれ。三年まえに家をとびだし、旅から旅へ、まわっていたわたしは、この夏のおわりに江戸へかえって、はじめて父つぁんのことを聞いて知った。しかしわたしにはどうしても、父つぁんがそんな大それたことをするとは思えない。父つぁんはなるほど酒は飲む、博奕《ばくち》は打つ。しかしそんな悪いことをするようなお人じゃない。これにはなにかわけがあるにちがいないと、おっ母さんを探してみたが、これまた半年まえからゆくえ知れず。……そこでわたしはそれとなく、おまえの家に気をつけていた。すると、おまえの父つぁんが、始終、駒十郎にゆすられているようす、これには仔細《しさい》のあることにちがいないと、あいつに気をつけていると、駒十郎のやつ、しじゅうお玉が池の寮へいくじゃないか」

「まあ！」

と、お七も驚いたが、隣室できいている三人も、思わずどきりとした。

「わたしはなんとなくゾッとした。虫が知らすというのか、あの寮になにかいわくがありそうで、そこでときどき女に化けては、寮のようすを探っていたのだ」

佐七は思わずハタと膝《ひざ》をうった。わかった。わかった。青蛙のおきながみたというお玉の幽霊とは琴次郎だったのだ。そう考えるとあの足跡の謎も解ける。しのび込んでくるときは、女らしく内股《うちまた》に歩いていたが、なにかに驚いて逃げるとき、つい男の本性を出したのだ。

それはさておき、琴次郎はなおもことばをつぎ、

「あの晩もわたしはやっぱり女に化けて、お玉が池の寮へ忍んでいった。すると、ふしぎなことに、池のなかにだれやらいるようす、わたしはぎょっとして繁みから身を乗り出したが、とたんにあいてがわたしの顔をみて、おお、おまえは琴次郎ではないかと叫んだ。わたしゃもうびっくりした。夢中で逃げ出した。あれがおっ母さんとわかっていれば、逃げ出すのじゃなかったが、まさかあんなところにおっ母さんがいようとは思わぬから、夢中で逃げ出したのがわたしの不孝、きけばおっ母

さんはそのあとでだれかにバッサリ」

琴次郎の物語をきいていると、やっぱり、かれは下手人ではないらしい。青蛙のおきなはどういうわけで、あんな勘違いしたのだろう。

お七は怯《おび》えたような声で、

「おまえ、そしてその下手人に心当たりがあるかえ」

「お七さん、わたしゃひょっとしたらあの駒十郎が……」

琴次郎がいいかけたとき、

「あれえ！」

と、お七のたまげる声、がちゃんとなにか毀《こわ》れる物音。すわこそと、襖《ふすま》を蹴《け》って三人が、となり座敷へおどりこむと、頭巾《ずきん》で顔をつつんださっきの侍が、大刀ふりかぶって琴次郎を追っかけている。

それと見るよりとっさの目潰《めつぶ》し、佐七が手にした徳利を投げると、狙いはあやまたず眉間《みけん》にあたって、侍ははっと二、三歩うしろへさがった。そこへすかさず付け入った三人が、

「御用だ、御用だ！」

手練《てだれ》の早縄で、手早くあいてをとりおさえると、いきなり頭巾をもぎとったが、

その顔を見たとたん、

「あっ、おまえは鷺坂駒十郎……」

お七と琴次郎は真っ蒼《さお》になって息をのんでいた。

これで二年越しに世間を騒がせた、釜屋の千両箱事件も見事落着したのである。鎌五郎を殺したのは果たして駒十郎だった。お兼を殺《あや》め、青蛙に手を負わせたのもおなじくかれだった。

放蕩《ほうとう》無頼の駒十郎は、去年釜屋から駒止弁天へ千両箱を寄進するという噂をきくと、それを盗み出すつもりで駒止弁天へしのび込んだ。ところが驚いたことには、ひと足さきに強盗がしのび込み千両箱をかつぎ出した。それをみると駒十郎は、こっそりあとをつけて、やってきたのがお玉が池、釜屋の寮だった。

駒十郎はそこでばっさり強盗を殺したが、意外にもその強盗は鎌五郎だった。しかし、さらに意外なことには、千両箱のなかが石や瓦《かわら》ばかりで、小判などいちまいもなかったことである。

駒十郎は腹立ちまぎれに、死体と千両箱と御神鏡を、池の中へ沈めてしまったが、それから二、三日たつと、ずうずうしくも釜屋へ出向いて、ぎゃくに武兵衛を脅迫しはじめたのである。

「はい、わたしがあの千両箱に石や瓦を詰めておいたのは、けっして、金を惜しんだからではございませぬ」

のちになって武兵衛は涙ながらに物語った。

「あのときどうしても、千両という金の工面がつかなかったのでございます、でももうひと月もすれば、大阪から三千両という、為替《かわせ》が入ります。それまで待っていただきたいと、駒止弁天の堂守りへお願いしたのでございますけれど、どうしてもお聞き入れくださいません。すぐ千両を寄進しなければ、弁天様においのりして、お七の命を縮めると……」

弁天堂の堂守りというやつも、欲の深いやつだった。これにやいやい急《せ》き立てられ、困《こう》じはてた武兵衛が、ついそのことをうちあけたのが出入りの鎌五郎。するると、日頃から大恩うけている鎌五郎が、さっそく一計を考え出した。石や瓦をつめた千両箱を寄進する。そしてすぐそのあとで盗み出す。そうしておいて後日金が入ったさい、改めて寄進すればよいではないかと、じぶんから強盗の役まで買って出たのが不運のもとだった。

武兵衛もうすうす駒十郎が、鎌五郎を殺したらしいことに気付いていたが、それだけにあいてが恐ろしかった。なにをしでかすかしれぬと思えば、訴人などとは思いも寄らなかった。それに、石や瓦の千両箱で、世間を誤魔化したという弱みもあれば、いよいよあいてのいうままに、なるよりほかに途《みち》はなかったのである。

こういう恐ろしいことがおこったのも、もとはといえばじぶんのあやまちから、と、一件落着ののち、武兵衛は頭を丸めて釜屋の店を、娘のお七と婿に譲って隠居した。婿というのはいうまでもなく琴次郎である。

ふたりは筒井筒、振り分け髪の幼友達だったが、琴次郎が旅からかえって、釜屋の内情をさぐっているうちに、いつしか恋に落ちていたのだ。

さて、これで一件ことごとく落着したが、最後に青蛙のおきなである。

いちじは門弟たちを心配させたが、その後おいおいよくなって、秋のおわりには寝床のうえに起き直れるようになったが、そのおきなの話によると。……

「あの晩、わしは離れ座敷で、俳句を書きつけていたンだが、すると庭のほうで、ただならぬお芳の声」

お芳の声は、あっ、おまえは琴次郎じゃないかというのだった。だからそれからすぐに、血刀さげておどりこんできた駒十郎を、青蛙のおきなはてっきり琴次郎だと思ったのである。

「なるほど、それで間違いのもとはわかりましたが、しかし、よくあれだけの謎を書き残すひまがありましたねえ」

　佐七が感心すると、青蛙はわらって、

「なにね、ちょうどそのとき、わしは連句を書いていたんだ。そこで駒十郎――そのときは琴次郎だとばかり思っていたのだが――に向かって、わしも俳諧《はいかい》師だ。しかもこの一巻は畢生《ひっせい》の仕事と魂をうちこんでいる。あと五、六句だから、どうぞそれを書き終わるまで待ってくれというと、あいつも風流のみちはいくらか心得ているとみえて、快く承諾してくれたのさ。そこであいう謎句を作ったのだが、おまえさんだからよかったよ。ほかの人間なら、あやうく琴次郎をふん縛るところだったねえ」

　青蛙のおきなは口をきわめて佐七を賞讃《しょうさん》したが、佐七はそれよりおきなの度胸のよさに、舌を巻いて敬服したものである。

舟幽霊

屋形船

――ずぶ濡れの女がしょんぼり坐って――

「ほんとうにすみません。もうそろそろ、かえってくるじぶんだと思うんですが、ついでのことに、もう少々お待ちくださいましたら……」

「おかみ、せっかくだがそうはいかねえ。もうだいぶ、約束の時刻もすぎたようだ。辰、仕方がねえから駕籠《かご》でも拾おうよ」

「へえ、親分、それじゃそういうことにしますか。おかみさん、すまなかったねえ」

「いえ、もう、とんでもない。こちらこそ。……久蔵《きゅうぞう》も長吉《ちょうきち》も、いったい、なにをしているんだろうねえ」

そこは柳橋の舟宿、井筒の二階である。

川向こうに用事があって、舟で繰り込むつもりのお玉が池の佐七は、巾着《きんちゃく》の辰と、うらなりの豆六をひきつれて、なじみの舟宿井筒へやってきたが、あいにく舟はみんな出払って留守。

仕方がないから二階で一杯やりながら、四半刻《しはんとき》（半時間）ほど待ってみたが、いっこう舟のかえってくるもようもないので、とうとうしびれを切らして、立ちあがった三人である。

「ほんとうに申し訳ございません。そういううちにも、だれかかえってきやアしないか」

おかみのお徳《とく》は未練たらしく、二階の手すりから身をのりだして、川のあちこちを見わたしている。

今夜は陰暦八月十五日、いわゆる中秋名月である。

空にはおあつらえむきの満月が、あかるくかかっているが、隅田川《すみだ》のうえには薄靄《うすもや》がたれこめて、両岸の家々も、川のうえをいきかう舟も、いぶしたような銀色の底にしずんでいる。

九月十三夜の後《のち》の月を、豆名月というのにたいして、八月十五日は芋名月。川にめんした井筒の二階の縁側にも、萩すすき、秋の七草にそえて、芋や団子がそなえてある。

佐七もその縁側へでて、川のうえをみていたが、

「おかみ、そこへきたなあ、このうちの舟じゃねえか」

「いいえ、あれはちがいます。ほんとうに、どうしたというんだろうねえ」

お徳がじれったそうに、銀かんざしで頭をがりがり掻《か》いているとき、思いがけなく、いま、佐七の指さした舟から声がかかった。

「もし、井筒のおかみさん、そこにおいでのお客さんは、お玉が池の親分さんじゃありませんか」

呼びかけられて、お徳がそのほうへ目をやると、いましも、井筒のまえを通りかかった屋形船の船頭が、漕《こ》ぐ手をやすめてこちらを見ている。

「ああ、そういうおまえさんは山吹屋《やまぶきや》さんの若い衆。親分さんになにか用かえ」

「いえね、お玉が池の親分さんも、たしか今夜、大桝屋さんの寮へいらっしゃるはず、なんならごいっしょに……と、こちらのお客さんがおっしゃるンです」

渡りに舟とはこのことだが……と、佐七もちょっと、手すりから身をのりだして、

「おかみ、ありゃどこの若い衆だえ」

「はい、あれは山吹屋といって、へっつい河岸《がし》にある舟宿の若い衆で、巳之助《みのすけ》というんです。ちょいと、巳之さん、そして、そちらのお客さんというのは……？」

「へえ、それは……」

と、巳之助はなにかいいかけたが、屋形のなかから呼びとめられたらしく、ふた

こと三こと話をしていたが、やがてにやにやしながら、

「けっして怪しいおかたじゃございません。お玉が池の親分さんも、よくご存じのおかたなんで、……ぜひ親分さんのお供をして、向島《むこうじま》まで、まいりたいとおっしゃってでございます」

「ほんに、巳之さん、そうしてもらうとうちも助かる。すっかり舟が出払って、さっきから困ってたところなんだから。……親分さん、どうなさいます」

「そうよなあ」

佐七は辰や豆六と顔見合わせて、

「どういうおかたか知らないけれど、それじゃ、おことばにあまえるとしようか」

「そうなさいまし。それにしても、いったいどういうおかたかしら」

と、さきにたって階段をおりたお徳は、漕ぎよせる屋形船のなかをのぞいて、

「おやまあ、あなたは天王寺屋《てんのうじや》の親方さん、お駒《こま》ちゃんもごいっしょかえ。ほ、ほ、ほ、これはお安くないわねえ」

「おかみさん、からかっちゃいけません。ついそこでいっしょになったのさ。お玉が池の親分、辰つあんも豆さんも、どうぞお入りなすって」

屋形船のなかには、ひとめで役者としれる男が、わかい芸者とさしむかいで、酒

さかな、まことにおつな情景である。

男のとしは二十五、六、白がすりのうえに、黒い絽《ろ》の羽織をむぞうさにひっかけて、眉《まゆ》をそりおとした顔が、軒につるした岐阜提燈《ぎふぢょうちん》のほのかな光に、気味悪いほどしろく冴《さ》えている。

これがいま、人気の絶頂にあるといわれる花形役者、上方くだりの中村富五郎《なかむらとみごろう》である。

その富五郎とさしむかいで、ほんのり上気した頬を、川風になぶらせているのは、ちかごろ柳橋でも、売り出しのわかい芸者で、名はお駒。

「おお、これは天王寺屋か。それじゃ、おまえさんも大桝屋の寮へ……?」

「はい、お招きをうけて、いま出向くところでございます。さあ、親分も辰つぁんも、それから豆六さんもどうぞお入りなすって」

「それじゃ、遠慮なくおんぶされようか。辰、豆六、おまえたちも乗ンねえ」

「へっへっへ、お駒ちゃん、お邪魔じゃないかえ」

「なんや、こら、悪いみたいだンな。駒ちゃん、かましまへンのンかいな」

「いやな兄さんたち、乗るならさっさとおのりなさいよ。親分さん、しばらく」

「ああ、しばらく、いつ見てもきれいだね」

佐七と辰と豆六は、器用に舟に乗りこむと、

「それにしても、親方、おいらがあすこにいることが、よくわかったね」

「いえね、そこにいる、巳之さんが見つけたんです。お玉が池の親分さんが、井筒の二階に、いらっしゃるというもんですから、それじゃ、これからお出かけのところだろうと、ちょっと声をかけさせたんです。まあ、おひとつ、辰つぁんも、豆さんも、どうぞ」

「それじゃ、みなさん、いってらっしゃいまし。巳之さん、頼んだよ」

と、これが、舟宿のおかみの愛嬌《あいきょう》というやつである。みよしに手をかけ、やんわりひと押しおそうとして、なに思ったのかお徳はだしぬけに、

「あれえッ！」

と、叫んで袖《そで》のなかに顔を埋《うず》めた。

「ど、どうしたんだ。おかみ。やけにまた、大きな声を立てるじゃないか」

佐七にたしなめられて、お徳はおずおず顔をあげると、おそるおそる屋形船のなかを見まわし、

「あら、すみません、わたしとしたことが……」

「いったい、どうしたンだ」

「えらい、またぎょうさんな声を出すやおまへンか。どないしやはったンや」

「いまそこに……天王寺屋の親方さんのちょうどうしろに、ズブ濡《ぬ》れになった女が、髪をさんばらにして、しょんぼり、坐《すわ》っていたような気がしたもんですから……」

「じょ、じょ、冗談じゃない。おかみさん！」

と、中村富五郎が意気込むのと、

「あれ、まあ、怖い！」

と、お駒が身をふるわせて、がばっと薄べりに突っ伏すのと、ほとんど同時だった。

佐七が辰や豆六と、あきれたように顔見合わせているところへ、

「で、で、出ますよ！」

と、素っ頓狂《とんきょう》な巳之助のひと声。

屋形船はゆらりゆらりと、井筒の桟橋をはなれると、月の隅田川を漕ぎのぼっていく。

銀のかんざし

——二、三本まつわりついた黒い髪の毛——

その夜は、向島にある大桝屋嘉兵衛《かへえ》の寮で、月見の宴が開かれることになってい て、お玉が池の佐七も、招待をうけているのである。

大桝屋嘉兵衛というのは、もとは上方のものだということだが、十数年まえに江戸へ出てきて、はじめは紙屑《かみくず》買いかなんかしていたのが、深川の富くじにあたって、千両ころげこんだのが運のつきはじめとやら。

それを資本に芝居の金主になったところが、これがまた大当たりで、いよいよ身代をふとらせたところへ、五年前の江戸の大火。

その際、いちはやく木曾《きそ》の檜《ひのき》を買いしめて、とうとう江戸でも、指折りのものもちとなりおおせたが、根が芝居の金主でもしようという男だから、いたって派手ずきな性分で、いまでは江戸芸能界の大パトロン、江戸の芸人衆でこの旦那《だんな》の、息のかからぬものはないといわれるくらい。

それだけに、こんやの月見の宴のはなやかさも思いやられる。

お玉が池の佐七は芸人ではないが、当時、江戸一番の捕物名人と、いわれるくらいの人気者、いつかこのお大尽の知遇をえて、こんやもとくに、招かれているのである。

「ときに、天王寺屋の親方」

こころよい川風に頰をなぶらせながら、お駒の酌で、かるく酒をのんでいた佐七は、思いだしたように、富五郎のしろい額に、いたずらっぽい目をむけた。

「さっき、井筒のおかみが、妙なことをいったじゃないか。おまえさんのうしろにズブ濡れの、さんばら髪の女がしょんぼり寄りそうていたと……。あっはっは、おまえさんなにか、女に取り憑《つ》かれるようなおぼえがあるのかえ」

「とんでもない、親分さん。冗談もよいかげんにしてください。あのおかみさんもまた、つまらないことをいうもんだ」

吐きすてるようにいいながら、それでもさすがに富五郎も、気味悪そうに、そっとじぶんのまわりを見まわしている。

「きっと簾《すだれ》にうつる兄さんの影が、そんなふうに見えたんですよ。あのおかみさんも相当あわてもんだこと」

いくらかあおざめている富五郎に、寄りそうようにして酌をしてやりながら、お駒はとりなすようにいう。

「へっへっへ、だけど、駒ちゃん、そういうおまえさんだって、きゃっと叫んで突っ伏したじゃねえか。おまえもこれを見たんじゃねえのか」

巾着《きんちゃく》の辰は、両手をまえにぶらりとさげて、はたからからかうようにいう。

「そら、天王寺屋の親方のこの人気、女の死霊生き霊がうじゃうじゃと、……お
「とんでもない。あたしゃあのおかみさんがあんまり真顔だから、つい、釣りこまれて……ほんとうに憎らしいったらありゃァしない」

「ほんにあのおかみ、そうとう真剣な目つきをしていたぜ。あの女の気性なら、おれもよく知っているが、枯尾花を幽霊と見まごうて、からさわぎをするような女じゃねえが……」

「それじゃ、親分さんはほんとうに、この船に女の幽霊が出たのを、あのおかみさんが見たとおっしゃるんですか」

富五郎はひらきなおってきっと訊《たず》ねる。

返事によっては、ただではおかぬという目つきだ。

中村富五郎はまだ二十五、現今の歌舞伎役者のとしからいえば、若手も若手、ま

だかけだしの年頃だが、早熟なその時代の役者でも、とりわけ早熟だった富五郎は、すでにもう、大立て者としての貫録を身につけており、親方という呼び名さえ、そう不自然ではなかった。

それだけに開きなおると、ちょっと鋭い気魄《きはく》がこもる。

「あっはっは、そりゃ出たかもしれねえよ」

と、佐七はわらって、

「だって、つもってもみねえ。いま江戸じゅうの女という女は、天王寺屋の親方といやア目の色がかわるんだ。そのおまえさんが、こんなべっぴんさんとさしむかいで、よろしくやってるとありゃア、いま豆六もいったとおり、生き霊か死霊かしらねえが、妬《ねた》ましさにたえかねてつい、ヒュードロドロと。……あっはっは」

「親分さん、ご冗談を……」

うまくはぐらかされて富五郎は、怒りもならずにが笑いをしている。

「あら、まあ、いやな親分さん」

お駒はまんざらでもない顔色で、銀かんざしの根で頭をかいている。

「あっはっは、ごめん、ごめん、かりそめにも、人気商売のおまえさんがただ。いまのようなうわさに、尾ひれがついて、ひろまっちゃ迷惑だろう。辰、豆六もしゃべるな、おい、巳之助さんとやら、おまえもめったなことをいうめえぞ」

「へ、へ、へえ、そ、そりゃ、親分、あっしゃ口がたてに裂けても……」

船頭の巳之助も艪《ろ》を漕ぎながら、さっきから話をきいていたらしい。屋形の外から、あわてたような返事だった。

「よし、井筒のお徳にゃおれから口止めをしておこう。さあ、もうこの話は水に流して、もう一杯のみなおそうじゃないか」

「親分、ありがとうございます」

大桝屋の寮ももうまぢかである。

お駒の酌で四人は、あっさり酒をのみなおしていたが、そのうちになに思ったのか佐七が、ふっとお駒のあたまに目をやった。

「おや、お駒、おまえそこにかんざしをさしているな」

「はい、親分、このかんざしがどうかしましたかえ」

「いや、そうじゃねえが……それじゃここに落ちているこのかんざしは、いったいだれのかんざしだろう」

と、佐七が薄べりのしたからさぐり出したのは、銀の平打ちで、頭に揚げ羽の蝶《ちょう》の紋所。

「あらまあ、かんざしが落ちていたんですか」

お駒は佐七の手もとをのぞきこんで、

「おや、それは兄さんの紋所ですわねえ。ちょいと巳之さん」

「へえ、へえ、姐さん、なんでございますか」

船頭の巳之助が屋形の外からこたえる。

「きょうこの舟に、だれか女の客が、お乗りだったんですかえ」

「へえ、へえ、さっき巴屋《ともえや》の姐さんを、やっぱり、大桝屋さんの寮までお送りいたしました」

巴屋の姐さんときいて、お駒の顔色のかわるのを、佐七はさすがに見落とさなかった。

「巳之さん、巴屋の姐さんというのは……？」

「へえ、おえんさんのことでございます。おえんさんも天王寺の親方と、いっしょにいきたかったようですが……」

「えっへっへ、なるほど、それでわかりやした」

「なんだ、辰、なにがわかったというんだ」

「だって、親分、おえんの落としていったかんざしのうえで、天王寺屋の親方と駒ちゃんが、差しむかいでさしつさされつ」

「そやそや、そやさかいにおえんはんが生き霊となって、ヒュー、ドロドロ……」

と、辰と豆六が、調子にのって、また、へんな手つきで、乗りだすのへ、

「よさねえか、辰、豆六もひかえねえ。その話はもう水に流した、流した……」

と、そういいながら、手のうちにある、銀かんざしに目をおとした佐七は、なんとなくゾクリと肩をふるわせた。

かんざしの脚に二、三本、くろい髪の毛がまつわりついているのが気味わるい。

寿貞尼

――ほのかに色気のただよう顔が――


大桝屋の寮は隅田川から、小梅《こうめ》のほうへ折れる川筋にあたっており、庭には汐入《しおい》りの池があり、小さな舟なら水門をくぐって、寮のなかへ入れるようになっている。

その水門のそとへ屋形船がつくと、

「おや、いらっしゃい。これはこれは、お玉が池の親分に天王寺屋の親方、それに

柳橋のお駒ちゃんと、大名題《おおなだい》がそろいましたな」

と、裏門からとんで出たのは、吉原の幇間《ほうかん》で桜川一平《さくらがわいっぺい》という男。お大尽への忠義立てとばかりに、さかんに愛嬌《あいきょう》をふりまいている。

「一平さん、おそくなりまして。もう、みなさん、おそろいでございますか」

「はい、はい、あらかたおそろいでございますが、いま日の出の人気役者の、親方がおみえにならなきゃ、竜をえがいて目玉を入れぬもおなじことと、さっきからみなさん、首をながくしてお待ちかねでございます。さあ、さあ、どうぞ」

「ほ、ほ、ほ、あいかわらず一平さんの愛想のよいこと、よく舌のまわることですねえ」

「ええ、それゃもう、今夜はとくにたっぷり、油をさしておきましたからな。しかし、お駒ちゃん、おまえさん、気をつけなきゃいけませんぜ」

「あら、どうして……？」

「天王寺屋の親方と合い乗りで……こんなことがおえんさんにきこえたら、ほら、このとおり……」

と、両手の指で額に角をつくるのを、

「一平さん、なにをつまらないことをいってるんですよう」

と、うしろからポンと背中をたたいたのは、これもどこかの、茶屋から出張してきたのだろう、眉《まゆ》をおとした大年増《おおどしま》。

「さあさあ、みなさん、お入りくださいまし。おや、巳之さん、またおまえさんだったの、ご苦労さまだねえ。こんどはちょっとなかへはいって、息つぎに一杯のんでおいでな」

「へえ、おかみさん、ありがとうございます。それじゃ、ちょっと舟のしまつをいたしまして……」

巳之助をそこにのこして、一同は裏木戸からなかへはいっていく。

坪数にして、三千をこえるといわれるこの寮は、まるでお大名の下屋敷のように、山あり、川あり、池あり、その池には泉殿《いずみどの》さえ立っている。

うっそうとしげった、木立ちのなかを歩いていくと、木の間をもれる月の光が、あかるい斑《ふ》を点々と地上におとして、提燈《ちょうちん》もいらぬくらいである。

その木立ちのむこうには、あかあかと灯のついた座敷に、人影が右往左往して、もう乱痴気さわぎである。

「あっはっは、だいぶ盛んにやってますな」

「へえ、もうみなさん、上機嫌で……これでお玉が池の親分と、天王寺屋の親方さんが、おみえになったといやア、いよいよ、わっと湧き立ちまさあ。あっ、こ、これは失礼を……」

とつぜん、桜川一平が土下座をせんばかりに、そこへうずくまったので、一同はぎょっとして立ちどまる。

見ると一平のまえに、墨染めのころもをまとうた尼がひとり、ちょっと、戸までいしたようなかっこうで立っている。

年頃は四十五、六であろうか。まだほのかに色香のただよう顔を、水色の頭巾《ずきん》にくるんで、手にはいま手折ってきたばかりか、露したたらんばかりの、秋草をたずさえている。

「ああ、お月見でいらっしゃいましたか」

一平はまだ土下座のかっこうで、うやうやしい切り口上だ。

「はい、あまり月がよいものですから。……お邪魔をしました。はやくお客さまをむこうへ……」

尼はかるく会釈をすると、そのままますたすたと歩いていく。

そのうしろ姿を見送って、

「まあ、なんてきれいなかたでしょう。一平さん、あのかたはどういう……？」

お駒がほっとため息をつく。

「はい、あのかたは、おかみさんでございますよ」

「おかみさん……」

佐七もぎょっと、辰や豆六と顔見合わせる。みんなちょっと度肝をぬかれた顔色だった。

そういえば、大桝屋の本宅は、日本橋《にほんばし》の新材木町《しんざいもくちょう》にあるのだが、嘉兵衛の家内のお秋《あき》というのは、そこにはおらず、向島の寮にすんでいると聞いていたが、まさか髪をおろして、尼になっているとは知らなかった。

「ほんとうによくできたおかみさんで、いまじゃ髪をおろして、寿貞尼《じゅていに》とおっしゃるんですが、旦那《だんな》にゃしたい放題のことをさせ、ごじぶんはきよく行ないすましていらっしゃるンです。どんなに旦那が浮気をなすっても、やきもちひとつおやきになりません。かえっていつも尻《しり》ぬぐいで、……さすが剛腹なこちらの旦那も、あのかただけにゃ、いちもくも、二目もおいてらっしゃるようで。……ほい、しまった。これはまた舌がまわりすぎました。さあ、まいりましょう」

一平はまたさきに立って歩きだしたが、そのとき、佐七をはじめ辰や豆六も、中村富五郎の顔色が、紙よりも白くなっているのを見のがさなかった。

池の中

――うらめしそうに目をみひらいて――

「やあ、お玉が池も天王寺屋も、よくきてくれたな。あっはっは、腰巾着《こしぎんちゃく》の辰つあんも、うらなりの豆六さんも元気だな。さあさあ、みんなこっちへきて一杯のんでくれ」

開けはなった百畳敷きの大広間は、いまや大陽気の大乱痴気、あちらで拳《けん》をうつもの、こちらではやり唄《うた》をうなるもの、酔うてくだまくやつもあれば、下手な踊りを、踊るやつもある。男も女もともに入りみだれて、これじゃ月見どころじゃない。杯盤狼藉《はいばんろうぜき》とはまさにこのことだが、その上座にすわって、にこにこと盃《さかずき》をあげているのは、いま江戸で一、二といわれるお大尽、大桝屋嘉兵衛である。

としはもう、六十の坂を越えているのだろうが、大兵肥満のからだは、壮者のようにみずみずしく、血色のよい童顔には、過去の苦労もきざまれているが、どこかゆったりした風格がある。

「旦那、どうもおそくなりまして……それじゃ、お流れを頂戴《ちょうだい》いたしましょう」

「お玉が池、ほんとうによくきてくれたな。なにもないが、まあ、気楽にあそんでいってくれ、辰、豆六、おまえもあいかわらず元気でいいな」

「へっへっへ、旦那、こんやはおさかんで結構でございます」

「旦那とわてとは同郷のよしみや。こんやは遠慮ぬきで、うんとご馳走《ちそう》になろおもて、晩飯もろくろく食べンと、親分のお供してきたンだッせ」

　豆六はあいかわらず、いうことが意地きたない。

「うっふ、それはどうもありがとう、おや、天王寺屋、おまえ、どうした、顔色がすぐれぬようだが……」

「いえ、あの、ちょっと船のうえで、寒気がしたもんでございますから」

「そら、寒気もしまっしゃろ、死霊生き霊につきまとわれたらな」

「なに、死霊生き霊……？」

「これ、豆六！」

　と、佐七はことばするどくたしなめて、

「なあに、なんでもございません。舟のなかで狂言の話をしていたんです」

「あっはっは、なにかと思えば、芝居の話か」

と、嘉兵衛大尽はかくべつ疑いの色もなく、

「そうそう、芝居で思いだしたが、おれも今夜、芝居のような話をきいた。天王寺屋、おまえ親のかたきを探しているというが、それやァ、ほんとの話かえ」

「えっ、だ、だれがそんなことを申しました」

富五郎の顔色が、さっと紫色になる。

嘉兵衛の周囲にいたものは、みんな目をまるくして、そのほうをふりかえった。

「いや、なに、さっきおえんから聞いたんだがな」

「おえんがそんなことを申しましたか」

富五郎の声はかすかにふるえる。

「ふむ、くわしいことは聞かなんだが、なんでもおまえの親のかたきが、江戸にいるらしいというので、おまえ、それとなく探しているというじゃないか。それゃアいったいどういう話だ。おれにもひとつ聞かさないか」

「冗談ですよ、旦那」

富五郎はにが笑いをして、

「いつかそんなことをいって、おえんをからかったことがあるんです。それじゃ、おえんはあの話をまにうけていたんですか」

だが、そういう富五郎のことばのはしに、どこかあいまいなひびきがあったので、一同は顔見合わせて、ちょっと座がしらけかかった。

佐七はその空気をすくうように、

「おえんといやア、姿がみえませんがどうしました。あっしゃおえんに、渡したいものがあるんだが……」

「ああ、おえんはな、あっはっは！」

嘉兵衛大尽はだしぬけに、腹をゆすって笑いあげると、つるりと顔をなであげて、

「おえんについちゃ、富五郎、おまえにあやまらねばならぬことがある。このとおりだ。許しておくれ」

嘉兵衛が畳に手をついたので、富五郎はびっくりしたように目をまるくした。

「あれ、旦那、どうかしたのでございますか」

「じつはな、今夜、おえんをくどいた。離れ座敷へつれこんでな。おえんも帯をときそうにしたので、しめたとおれもはだかになった。ところが、なんと、そこへひょっこり、寿貞尼がはいってきたので、おえんは逃げ出す。おれははだかで大まごつき。いやはや、こんなに器量をさげたことはなかったて。あっはっは」

嘉兵衛が、腹をゆすって笑っているところへ、あわただしく駆けこんできたのは、

船頭の巳之助。

「親分、たいへんだ、たいへんだ。おえんさんがのどをしめられて、池の中に……」

「なに、おえんが殺されたと！」

佐七はいっしゅん、ぎょっと嘉兵衛のほうへ目をやったが、すぐ、すっくと立ちあがっていた。

おえんは池のなかに仰向《あおむ》けにうかんでいた。

帯が半分とけかかり、ひどく着物が着くずれて、うらめしそうに、くわっと目を見ひらいた蠟細工《ろうざいく》のような顔を、おりからの名月がしらじらと……。

無残絵

――見るもふしぎなかずかずの傷痕――

水からひきあげられたおえんの顔は、さらされたように白く、くわっと見ひらいた目が、おりからの月の光りに、鬼火のようにきらきらと……。

美人の死に顔というものは、醜婦の死に顔よりも、かえって凄《すご》いものである。

佐七はゾクリと肩をふるわせながら、

「おい、辰、提燈《ちょうちん》をもっとこっちへよこせ」

「へえ」

巾着《きんちゃく》の辰が屁《へ》っぴり腰で、さし出す提燈の光のもとで、佐七は着物のぬれるのもかまわず、そっとおえんを抱き起こす。

おえんはことし二十四、ちょっととうが立っているが、柳橋では名妓《めいぎ》といわれ、中村富五郎との仲は、たれ知らぬものはないくらい。

そのおえんのあさましい姿に、佐七はなんとなく、哀れをもよおしながら、のどにからみついた黒髪をとりのけたが、とたんにぎょっと息をのむ。

「お、親分……」

そばからのぞきこんだ豆六もふるえ声で、

「おえんは指で、絞め殺されよったンだンな」

「ふむ、ひでえことをしやアがる」

見ればなるほど、おえんののどには、なまなましい親指の跡がふたつ、くっきりとついているのである。

「親分、下手人はおえんに馬乗りになって、うえから絞めつけたんですね」

「ふむ、この指の跡からかんがえると、どうもそうのようだな」

「親分……」

と、豆六は声をひそめて、

「ひょっとすると、こっちゃの旦那《だんな》が……」

「しッ！」

佐七はあわててあたりを見まわしたが、さいわい、大桝屋の嘉兵衛はじめ一同は、少しはなれたところに立っていた。

「豆六、めったなことをいうもんじゃねえ」

「だって、親分、さっき旦那は、おえんを離れ座敷へひっぱりこんで、帯をとかせようとしたといったじゃありませんか。そのとき、おえんが手向かったので、つい、かっとして……」

辰も豆六と同意見らしい。

「しかし辰、豆六もよく見ろ、それならおえんのからだのこの傷は、いったい、どうしたというんだ」

「へえ、からだの傷とは……？」

「辰、豆六、これを見ろ」

べっとりと肌にまつわりついている、おえんの着物の胸もとを、佐七が大きくひらいてみせたせつな、

「あっ、こ、これは……」

と、辰と豆六は、おもわず大きな声をはなった。

おえんの右の乳のしたあたり、なにかに強くうたれたらしく大きく、紫色の痣《あざ》ができている。

「親分、そ、それじゃおえんは、そこを打たれて死んだんですか」

「さあ、それはどうだかわからねえが、傷はこればかりじゃねえ。ほら、これを見ろ！」

佐七がそっと着物の裾《すそ》をめくると、辰はまた、ぎょっとしたように息をのむ。

「親分、そ、そ、それは……」

辰と豆六が、おどろいたのもむりはない。右のふくらはぎのあたり、まるで狼にでもかみさかれたように、ごっそり肉がもぎとられている。

「親分、こ、こら、いったい、どないしたンだっしゃろ」

「ふむ、おれにもまだよくわからねえが、ほかにも傷があるようだ。かわいそうだ

がはだかにしてみよう。辰」

「へえ」

「だれも近よらねえように気をつけてくれ。なんぼなんでも、こんなところを見せつけちゃ、おえんもあんまりかわいそうだ」

「おっと合点です」

佐七はぬれたおえんの帯をとき、体じゅうをあらためてみたが、驚くなかれ、おえんは全身に七ヵ所の、打撲傷や、切り傷をうけ、見るもむざんなていたらくである。

「お、お、親分……」

さすがの辰も、あまりにも、むごたらしいおえんの死体に、ガタガタとふるえながら、

「いったい、た、た、たれがこんなひどいことをしやアがったんです」

「いったい、たれがというよりも、いったい、なんのためにこんなことをやらかしたのか」

「親分、下手人はおえんを、なぶり殺しにしよったンだっしゃろか」

「いや、それはそうじゃアあるめえ。こんなひどいことをされちゃ、おえんも声を

立てているはず、これゃ、死んでからできた傷にちがいねえが、どうして、こんなひどいことをやりやアがったか……」

「可愛さあまって、憎さが百倍、しめ殺しただけじゃ、肚《はら》の虫がおさまらなかったんじゃありませんか」

「そや、そや、それで、こないなむごいことさらしよったンやな」

「そうかもしれねえし、そうでねえかもしれねえ」

「そうでねえかもしれねえとは……？」

「可愛さあまって、憎さが百倍でやったとしても、いったい、どんなえものを使って、こんなひどい傷をつけたのか、それが、おれにゃアふしぎでならねえ」

じっさい、佐七が首をひねるのもむりはない。

おえんのからだを、無残絵にそめ出した七つの傷のうち、ひとつとしておなじ種類のものはなかった。

ある傷は太い棒でつかれたようだし、ある傷は鋭利な刃物で斬られたようだ。そうかと思うと、鋭い錐《きり》でつかれたようなのもあるし、また、さきほどもいったとおり、狼の牙《きば》にかみさかれたような傷もある。

さすがの佐七も、そのむごたらしい死体をまえにおいて、思わずウームとうなったものだ。

落ちたかんざし

――水をむけられてついふらふらと――


「旦那、どうもとんだことができました。かかりあいになってご迷惑でしょうが、ひとひとり殺されたのでございますから、この佐七のご無礼をお許しくださいまし」

それからまもなく、離れ座敷でむかいあった、大桝屋嘉兵衛と佐七のふたりなのだ。

「ああ、いや、お玉が池」

と、さすが剛腹な嘉兵衛も、動揺の色おおうべくもなく、

「それゃおまえさんは役目だから、無礼のなんのと遠慮することはねえ。ぴしぴし調べてもらわにゃならんが、いったいこれゃ、どうしたというんだ」

「旦那はそれについて、お心当たりはございませんか」

「おれに……？」

嘉兵衛は射すくめるような佐七の視線を、鋭くはじきかえしていたが、やがて、のどの奥でひくく笑うと、

「それじゃおまえさんは、おれがおえんを殺したとでもいうのかな」

「おえんは両手で、のどを絞められているんです。下手人はおえんのうえに馬乗りになり、両手でのどをつかんで殺しているんです」

嘉兵衛はぎょっとしたように、佐七の目を見かえして、

「それじゃ、さっきの座敷で、おれがおえんを口説いたとき、素直にいうことを肯《き》かねえから……」

「可愛さあまって、憎さが百倍と……」

「おれがやったというのかえ」

ふたりはしばらく、無言のままでにらみあっていたが、やがて嘉兵衛は腹をゆすって笑うと、

「お玉が池、それなら話はあべこべだ」

「へえ、あべこべと申しますと……？」

「さっき、富五郎にゃ、おれがおえんをくどいたといったが、じつをいうとそうじゃねえ。おえんのほうから、おれをこの座敷へひっぱりこんで、おつに水をむけて

きたんだ」

「旦那《だんな》」

「いいや、うそじゃねえ。ほんとうの話だ。おれだって、おえんと天王寺屋の仲は知っている。天王寺屋はおれのひいき役者だ。そいつのいろにこちらから、手を出すはずがねえじゃねえか」

「しかし、旦那ははだかにおなりなすったとか……」

嘉兵衛はつるりと頰《ほほ》をなであげると、面目なさそうに笑いながら、

「だから、おれも、きれいな口をきけたもンじゃねえ。あんなきれいな女から、色っぽく水をむけられると、ついな、ふらふら……と、それに酒の酔いもてつだって……いいや、酒にとがをきせるわけじゃねえが、そこが男の意地きたなさというやつか、あっはっは、しかし、お玉が池」

「へえ」

「これは、あとから気がついたんだが、おえんは、ほんとうに、おれに肌を、許すつもりじゃなかったんじゃねえか……と」

「それじゃ、旦那を、からかったんですかい」

「いいや、そうでもねえらしい」

「じゃ、いったい、おえんはどんなつもりだったんです」

「さあ、そのことだが……」

と、嘉兵衛はまだじっと、佐七の顔をみつめていたが、やがてにやりと、不敵な笑みをうかべると、

「お玉が池」

「へえ」

「さっきむこうの座敷で、おれが天王寺屋にいったことな。ほら、天王寺屋が、親のかたきをさがしているということだ」

「旦那、そ、それがどうかいたしましたか」

佐七はぎょっとしたように息をはずませる。嘉兵衛はにやりとわらって、

「だからさ、おえんは天王寺屋のために、かたきをさがしていたんじゃねえのか……」

「おえんがかたきを……?」

佐七はあきれたように、嘉兵衛の顔を見ていたが、急にはっと気づいたらしく、

「そ、そ、それじゃ、旦那が天王寺屋の……」

嘉兵衛はまたにやりと笑うと、

「お玉が池、おれゃ人を殺したおぼえはねえ。しかし、天王寺屋がおれを、親のかたきと思うのもむりはないのさ。そのむかし、おれは天王寺屋のおふくろを奪って……」

佐七は、またぎょっと息をのむ。さっき庭で出会った寿貞尼の、行ないすました姿を思いだしたからである。

「天王寺屋のおやじというのは、悪いやつだった。箸《はし》にも棒にも、かからぬならずものだった。おれは天王寺屋のおふくろがふびんで、哀れでならなんだ。おふくろもまた、おれをだれよりも頼りにしていた。男と女だ。それに、ふたりとも若かった。ふびんと思う男心と、たのもしいとすがる女心と、心と心がふれあって……つい、間違いが起こってしまった」

嘉兵衛はほっとため息をつき、

「いかにわるい亭主でも、それだからって、女房がうわ気をしていいって法はねえ。お秋も苦しみ、おれも悩んだ。しかし、できてしまったあとになっちゃ、とりかえしがつかねえ。おれはお秋をつれて、大阪を立ちのき、この江戸へ落ちのびてきたんだ」

佐七は、あきれたように嘉兵衛を見ている。

嘉兵衛はちょっと息をのみ、

「そののち、風の便りにきけば、天王寺屋のおやじは、ならずものの仲間と大げんかをして、袋叩《ふくろだた》きになって殺されたという。しかし、そのころ天王寺屋は、先代の中村富五郎の養子となって、その膝下《ひざもと》にひきとられていたんだ。親はなくとも子はそだつ。その後、おいおい出世して、先代の跡をおそって、中村富五郎をついだ、と、いうことを聞いたときにゃ、おれもお秋も、このうえもなくよろこんだ」

「それで、旦那は天王寺屋を、あのように可愛がっていらっしゃるンですね」

「ふむ、せめてもの罪ほろぼしというわけだ。しかし、天王寺屋がおれのことを、親のかたきとうらむのも、これまたむりのねえ話だ。討とうというならうたれてもいい。お秋はとうの昔に世をすてている」

嘉兵衛は鼻をつまらせた。佐七もちょっとしんみりしたが、また思い出したように、

「しかし、おえんがどうして旦那に……」

「おお、そのことか。天王寺屋もおれをはっきり、親のかたきと知らねえわけだ。おれもお秋も、その頃とは名前をかえているからな。それにあいつも幼かったから、顔もよくおぼえていねえンだろう。ただおれのからだにゃこのとおり」

と、嘉兵衛が大きく胸もとをくつろげたとたん、佐七は思わずはっと息をのんだ。嘉兵衛の、みぞおちのあたりに、大きな古傷がのこっている。

「旦那、そ、その疵《きず》は……？」

「天王寺屋のおやじに突かれた疵よ。すんでのことに、殺されるところだったんだ。天王寺屋はそれを知っていて、おえんにたしかめさせようとしたンだろう、おえんはおれを裸にして、この疵を見ると、それきりここをとび出して……」

佐七はまじまじと、嘉兵衛の顔と、その古傷を見くらべている。

嘉兵衛はやがて襟をかきあわせ、

「お玉が池、おれのことばにはうそはねえ。おえんがここをとび出したとき、おれははっとそれに気がついた。しかし、べつにあとを追おうともしなかったンだ。それきりおれは、おえんがどこへいったのか知らなかった」

「ひょっとすると、寿貞尼さまが……」

「お玉が池」

嘉兵衛はするどい語気で、

「あれは虫一匹殺せる女じゃねえ。それにおえんを殺すわけもねえ」

しばらくふたりは、たがいに目と目を見かわしていたが、嘉兵衛がふと思い出し

たように、

「ときに、お玉が池、おまえおえんに、渡すものがあるといったが、それゃなんだえ」

「おお、そうそう」

と、佐七は思い出したように、

「ここへくる舟のなかで、このかんざしを拾ったので、おえんにかえそうと思っていたんです」

佐七の取り出したかんざしをみると、嘉兵衛はびっくりしたように、目をまるくした。

「お玉が池、そんなはずはあるまいよ」

「えっ、旦那《だんな》、どうしてですか」

「だって、さっきこの座敷で、おれがおえんを抱きすくめて、口を吸おうとしたとき、おえんの頭から落ちたのがこのかんざしだ。いいや、間違いはない。揚げ羽の蝶《ちょう》は天王寺屋の紋所だから、見まちがうはずはねえ。おれが拾っておえんの髪に、さしてやったんだから、よくおぼえている。それがどうして、舟のなかに……?」

「あっ!」

佐七の頭には、さっとある恐ろしい考えが、ひらめいた。

怨讐を越えて

――親子の名乗りをさせてもらえ――


「天王寺屋、お駒にもちょっと訊《き》きたいことがある」

嘉兵衛といれちがいに、離れ座敷によびこまれたのは、中村富五郎と芸者のお駒だ。

ふたりとも、おえんのむごたらしい死にざまを聞いたとみえて、あおくなってふるえている。

「はい、あの、どういうことでございましょうか」

「おまえさんたちは、へっつい河岸の舟宿、山吹屋から舟を仕立ててきたんだね」

「はい、あの、さようで……」

中村富五郎はふしぎそうな顔色で、佐七のようすをうかがっている。

「お駒はどうしていっしょだったんだ」

「どうしてといって、べつに……山吹屋へまいりましたところが、舟が出払っておりましたので、一服しておりますと、駒ちゃんがやってきたんです。駒ちゃんも、こちらへ招《よ》ばれているというので、それじゃいっしょにというわけで……ひとりで乗るより、つれがあったほうがにぎやかでございますから……」

「お駒、それにちがいねえか」

「はい、それにちがいございません。なんでしたら、山吹屋さんでお訊《たず》ねくださいまし」

「おまえたち、しめしあわせていっしょになったんじゃ……」

「とんでもございません。むしろ、約束しましたのはおえんなんで。おえんとあそこで落ちあって、いっしょにいこうといってたんですが、きょうは芝居のはねがおくれたので、おえんはひと足さきにきたんです」

佐七はふたりの顔を見くらべながら、

「おまえたち、おえんの目をぬすんで、うれしい仲になってるンじゃねえのか」

「とんでもない、親分さん」

お駒はちょっと開きなおって、

「それゃ、この兄さんに、想いをよせないものはございません。しかし、この兄さんにはおえん姐《ねえ》さんという、りっぱなひとがついております。そんなことができるはずはございません」

「あっはっは、それじゃ、今夜はただあの舟に、乗りあわせたというだけか」

「はい。親分さんに疑われるような仲ならば、どんなに嬉《うれ》しいかしれませんけれど……」

お駒は袖《そで》のなかに顔を埋《うず》める。

「あっはっは、そんなことをいうから、おえんの幽霊がつきまとうんだ」

「あれえッ！」

お駒はおびえたように、天王寺屋の膝《ひざ》にとりすがる。

富五郎はからだをかたくして、

「親分さん、井筒のおかみさんは、ほんとに、おえんの幽霊をみたのでございましょうか」

「さあ、それはなんともいえねえが……ときに、天王寺屋」

「はい」

「おまえ、おえんにこちらの旦那の古傷を、たしかめるように頼んだのか」

富五郎はぎょっと息をのみ、

「そ、そ、それじゃやっぱり、こちらの旦那に……」

「おお、ある。おれもいま見せてもらった。おまえ、それで、親のかたきをうつつもりか」

「とんでもございません。わたしの父というひとは、それはそれは、悪いひとでございました。幼いころ、わたしもどんなにひどい目に、あわされたかしれません。母はむしろ、こちらの旦那に救われたのです。わたしはただ、うみの母にあいたくて……」

富五郎はぽとりと膝に涙を落とした。

「よし、わかった。それじゃわけをいって寿貞尼さんと、親子の名乗りをさせてもらえ」

「は、は、はい……」

「ところで、天王寺屋、もうひとつ聞くが……」

「はい、あの、どういうことでございましょう」

「おまえさんたちが、山吹屋で待っているところへ、巳之助の船がかえってきたんだな」

「はい、さようで……」

「河上から、かえってきたようすだったか」

「いえ、あの、それが、河下からのぼってきたようなかんじでした。しかし、それが……」

「よし、わかった」

佐七が立ちあがったところへ、辰と豆六がかけこんできた。

「親分、巳之助のやつ、どこをさがしてもいねえと思ったら……」

「屋形船ものうなってまンねン。どうやらかえってしもたらしい」

「しまった！　辰、豆六、おれといっしょに来い！」

佐七は顔色かえて立ちあがっていた。

お徳のみたもの

――ひょいと水の中から顔がのぞいた――

秋の空模様のかわりやすく、佐七が大桝屋の寮をとび出したころより、そろそろくもりはじめていたが、山吹屋へかごを乗りつけたころには、もう大夕立ちになっていた。

山吹屋でたずねてみると、巳之助はまだかえらぬという。

「辰、豆六、こりゃいけねえ。柳橋までひきかえそう」

「へえ、柳橋はどちらへ」

「舟宿の井筒よ。幽霊を見たという、お徳のところへいってみよう」

「しかし、親分、お徳がなにを知ってるんです。幽霊はなにも、しゃべらなかったじゃありませんか」

「なんでもいいから、いっしょにこい！」

へっつい河岸から柳橋まで、ひきかえしてきたころには、夕立ちはいよいよはげしく、雷鳴が空をおおうていた。

「こ、こ、こりゃいけねえ、お、お、親分……」

みなさん、せんこく御承知のとおり、巾着《きんちゃく》の辰は大の雷ぎらい。

死人のようにあおくなって、佐七の袖につかまっている。

「難儀やなあ、いかにうまれつきちゅうたかて、日頃いせいのええ兄哥《あにい》が、雷いうたら青菜に塩や。そら、また光った」

「わっ、助けてえ」

辰はいまにも、その場にへたばりそうだ。

だらしがないといえばだらしがないが、これが病とあればしかたがない。

「しっかりしろ！　井筒へつけば蚊帳《かや》をつらしてやる」

だが、井筒にはお徳はいなかった。ひと足ちがいで巳之助がつれだしたという。

「なんですか、巳之助さんはすごい目つきで、おかみさんは、ぶるぶる、ふるえておいででございました」

「しまった！　そ、そ、それでふたりはどっちへいった」

「百本杭《ぐい》のほうへおいででしたが……」

女中もあおくなっている。

「おい、姐さん、ここのおかみと巳之助は、なにかわけがあるのじゃねえか」

「は、はい、あの、いえ、なに、よくは、存じませんけれど……」

「よし、豆六、こい。辰、てめえはここで蚊帳でも吊《つ》ってもらえ」

豆六をつれて、井筒をとびだした佐七の血相はかわっていた。

土砂降りの大川端、百本杭のあたりまでくると、

「あれ、助けてえッ！　ひ、人殺し……」

と、闇をつらぬく女の悲鳴。

「あっ、親分、あっちゃや、あっちゃや、あっちの方角でっせ」

「よし！」

ふたりがばらばらと駆けだしたとたん、さっと、地上をはいて、とおりすぎた稲妻のなかに、くっきりとうかびあがったのは、匕首《あいくち》ふりあげた男の影と、土のうえにさんばら髪で、膝をついている女の姿。

「巳之助、御用だ！　神妙にしろ！」

「巳之助、御用や、御用や、神妙にしていや」

ふたりが声をかけると、

「あっ、ち、ちくしょう！」

と、いう声とともに、闇のなかから、ざぶんという大きな水の音。

巳之助が川のなかへとびこんだらしい。

「しまった、とびこみやアがった」

お徳はさいわい薄手だったが、気がゆるんだのか、泥のなかに、ぐったりと気をうしなっている……。

その翌日、巳之助は板橋《いたばし》の宿でつかまったが、それによってなにもかもわかった。

おえんは嘉兵衛の古傷をたしかめると、その足で寮をとび出したが、そこに巳之助の舟がまだいたので、それにとびのったのである。

　おえんは嘉兵衛の古傷のことを、一刻もはやく、富五郎にしらせたかったのだろう。

　ところが、悪いやつは巳之助で、そのまま船を佃《つくだ》の沖まで流していって、そこで、おえんを手ごめにしようとしたのだ。

　おえんも、しかし、きかぬ気の女である。かんざしを逆手にもって抵抗したが、女の非力の悲しさには、とうとう巳之助にさんざん、おもちゃにされたあげく、絞め殺されてしまった。

　巳之助も女を殺そうとまで思っていなかったから、これにはぎょっと驚いたが、わるく度胸のすわったやつで、おえんのからだを船底にしばりつけた。

　なぜ、そんなことをしたかというと、おえんが大桝屋の寮をぬけだしたことは、だれひとりとして、知るものはないのである。

　巳之助はおえんの口から、そのことを聞いていたので、死体を寮へはこんでいって、池のなかへ投げこんでおけば、寮のなかで殺されたことになるだろうと思ったのだ。

　しかし、そのときおえんの手から、もぎとった銀かんざしが、薄縁《うすべり》のしたにもぐりこんでいようとは、気がつかなかったのが運のつきだった。

そして、だいたいじぶんの思うとおりに、ことが運んだのはよかったが、そのまえに、井筒のお徳にかんづかれたらしいので、口をふさいでしまおうとしたのだ。

「あのとき、みよしに手をかけて舟をおすと、水のなかから、さんばら髪の女の顔が、ひょいとのぞいて……そのことをいおうとすると、巳之助が凄《すご》い目をしてにらみましたので、つい怖くなって、幽霊……と、ごまかしたんです」

お徳もかつて巳之助に手ごめにされて、それ以来ズルズルに関係をつづけてきたので、かかりあいをおそれて、口をつぐんでいたのである。

おえんの全身にあった無残なきずは、船底にしばりつけられ、川のなかをひかれていくうちに、あちらの棒杭、こちらの折れ釘《くぎ》と、いろんなものでできたのだろう。

どちらにしても、これほど凶悪なやつはないなと、佐七は舌をまき、

「それじゃ、親分、あのときあっしどもの、酒をのんでいた船底に……」

「おえんの死体が、しばりつけておましたンかいな」

と、辰と豆六はあおくなって、ふるえあがったという。

天王寺屋の中村富五郎は、その後、寿貞尼と親子の名乗りをして、江戸の役者になりすました。なにしろ、かれの背後には、大桝屋嘉兵衛という大旦那《おおだんな》がついていてい

るから、人気はいよいよ高まるばかり、おえんの一周忌を待って、お駒と夫婦になったという。

寿貞尼はその後も、いよいよ行ないすましているが、嘉兵衛はいぜんとして、浮気の虫がおさまらず、寿貞尼にしりぬぐいをさせることしきりだそうだ。

梅若水揚帳

春の雪解け

――雪だるまのなかから裸の死体が――

その年はどういうものか雪が多かった。

年の暮れに五寸ほど降りつもった雪が、まだ解けやらぬきょう、七草にまたこの雪である。

七草がゆのあたたかみが、まだ腹の底からきえやらぬお昼まえから降りはじめた雪が、根雪のうえにふりつもって、吹きだまりではゆうに一尺はこえたであろう。

だが、その雪も五つ（八時）ごろにはからりと晴れて、空には皎々《こうこう》たる月がすごいようである。

「兄い、ことしはえろう雪がおおいやおまへんか。雪もなんやな、雪見酒としゃれられるようなご身分ならよろしおまっけど、わてらみたいな素寒貧《すかんぴん》には、ただもう、冷えこむばっかりだんな」

「まあ、そういうな、豆六、雪は豊年のみつぎといってな、お百姓はおおよろこびよ」

「あれ、あんたにはわてのなぞが通じんのんかいな」

「なぞたあなんだ」

「豆六、おめえのいうのももっともだ。それじゃどっかでキューッと一杯……と。あんたいま、そないいうてくれやはるおつもりやったんだっしゃろ」

「あっはっは、豆六、草双紙やなんかだと、そういうものわかりのいい兄貴分がでてくるのかもしれねえが、現実はそうはいかねえ。現実はきびしいものよ」

「兄い、現実はきびしいといやはると……？」

「からだも冷えるが、財布もひえてる。だから、まあ、あきらめてくれ」

「あれ、そんなんこすいよ、こすいよ。そんなら兄い、あんたはんあの金、ネコババしやはるつもりかいな」

「豆六、あの金たあなんのこった」

「そやかて、兄い、さっき緑町の伯母《おば》さんが、豆さんとどこかで一杯のんでおくれと、おひねりをソーッと」

「あれ、この野郎、てめえあれをしってやアがったのか。いやらしいやつだ」

「なんといわれたかてかましまへん。それをもし、ひとりでネコババしやはったら、伯母さんにたいして、契約違反になりまっせ」

「うっぷ、契約違反だっていやアがらあ。いいよ、いいよ。どっかこぎれいな店があったら、一杯ひっかけていこうと思っていたところだ。葺屋町《ふきやちょう》の芝居のそばに、牡丹《ぼたん》という店があったな」

「そやそや、あそこなら酒はうまいし、ねえちゃんはきれいや」

どっかできいたようなせりふだが、一杯ありつけるとわかって、豆六はおおはしゃぎ。辰は思い出したようにあたりをみまわし、

「こいつはまた、やけに雪だるまができやアがったな」

そこは浜町《はまちょう》から人形町《にんぎょうちょう》へぬける通り、俗に、へっつい河岸とよばれるところだが、なるほど、雪におおわれた河岸っぷちに、にょきにょきと雪だるまが立っている。

時刻はかれこれもう四つ（十時）。

このへんは葺屋町や堺町《さかいちょう》という。芝居町にほどちかく、踊り子などがおおく住んでおり、ちょっと色っぽいところだが、雪にひえこむ四つともなれば、さすがにあたりに人影もない。雪におおわれた白銀の世界は、凍りついたようにしずまりかえって、どこかで聞こえる按摩《あんま》の笛の音がいんきである。

「兄い、兄い」

とつぜん、豆六がなに思い出したのか、いくらか感慨ぶかげに、

「この雪だるまで思い出したんやけど、去年の梅若《うめわか》の一件、あれ、どないなってまんねんやろ」

「そうそう、そういえば、梅若のはだかの死体が雪だるまのなかから出てきてから、もうかれこれ一年になるんじゃねえのか」

「あれは去年の二月十九日、彼岸の入りの日だした。あとひと月と十日あまりでまる一年。あれいらい、下手人のやつ、雪のふるたんびに犯した罪におびえているんやおまへんやろか」

ほうとため息をつく豆六の耳に、またもや聞こえてくるのは按摩の笛の音。

「そういえば、豆六。あのとき、梅若殺しの下手人とうたがわれ、きびしいお取り調べをうけた、玉虫《たまむし》お蝶《ちょう》という芸者は、たしかこのへんだったなあ」

「さよさよ。お蝶のうちはすぐこのさきの裏通り。あのときは、お蝶もだいぶんしぼられたちゅう話や」

「なにせ、あいてが海坊主の茂平次《もへいじ》ときたからな。あのとき、海坊主にしぼられたなあ、玉虫お蝶ばかりじゃねえ。堺町の中村座《なかむらざ》の芝居茶屋、いちょう屋の看板娘の

お久《ひさ》、それに薬研堀《やげんぼり》の料理屋、さぎ亭のおかみのお重なども、海坊主のやつにずいぶん油をしぼられたという話だ」

梅若というのは、そのころ浅草の奥山で八丁荒らしといわれた人気者、たかが大道のこままわしだったが、そのたぐいまれな美貌《びぼう》は江戸中の評判になり、かれが曲ごまをあやつるとき、そのまわりは十重《とえ》二十重《はたえ》。かれの一顰《いっぴん》一笑に、わかい娘たちは身も心もしびれたという。

としは十七だったというから、いまのかぞえかたですると、十五歳そこそこだったろう。

いつも金糸銀糸で、大きく源氏車をぬいとりした紫繻《しゅ》子《す》の小袖《こそで》をもろ膚《はだ》ぬぎ、したにはこれまた源氏車を白く染めぬいた緋《ひ》ぢりめんの膚じゅばんに、萌黄《もえぎ》のたすきをあやどっているところから、だれいうとなく源氏の梅若。

とうとう、そのころ人気のあった浮世絵師、歌川清麿《うたがわきよまろ》の目にとまって、角前髪《すみまえがみ》のそのあですがたが一枚絵になって売り出されたから、さあ、人気はいよいよふっとうして、江戸一番の色若衆とうたわれていたのもつかの間……。

その源氏の梅若が、去年の春殺されたのである。いや、死体となって、妙なところから発見されたのである。

ことしほどではなかったが、去年も暮れから、そうとうたびたび雪がふって、正月から二月のお彼岸のいりにかけて、江戸の町には、白いもののたえまがなかった。

源氏の梅若は暮れ……すなわち一昨年の十二月二十八日の夜から、ゆくえ不明になっていたのだが、それが年も明けた二月の十九日、彼岸のいりの日になって、浅草雷門《かみなりもん》まえの雪だるまのなかから、死体となって発見されたのである。

発見されたときの梅若は、一糸まとわぬすっぽだか。梅若はふだん、緋ぢりめんのふんどしをしめていたそうだが、それさえもはぎとられ、みるもむざんなあかはだかであった。

梅若の死体をのんでいた雪だるまは、暮れの二十八日にふった大雪で、近所のお店《たな》の丁稚《でっち》小僧がつくったもので、その後解けそうになると、あとからふった雪でおぎない、おぎない、二月の十八日まで、つくったときの形のまんまで、雷門のまえに鎮座していたのである。

それが、二月の十九日の昼過ぎ、にわかに訪れた春の陽気に、ぐずぐずと解けくずれたかとおもうと、なかから源氏の梅若が、あられもないはだかの絞殺死体となって発見されたのである。

梅若水揚げ帳

――なぜまた、ふんどしまではぎとったのか――

「それにしても、豆六、あのときはおどろいたな。梅若め、とんだものを残していきゃアがった」

「さよさよ、あれにはだいぶんあっちこっちで、夫婦げんかがもちあがったり、家出娘が続出したりで、いや、もう、ひとさわがせな梅若だしたなあ」

梅若がとんだものを残して、世間をさわがせたというのは、つぎのようなしだいである。

梅若が女をしったのは、かぞえで十五の春――というから、いまのかぞえかたでいうと十三歳と何カ月。むろん、女に買われたのである。

そののち、清麿の麗筆にえがかれて、一枚絵として売り出されていらい、ひいきの客はひきもきらず、夜ごとのように梅若は、女のおあいてをつとめていたらしい。

それをなんと、梅若は克明に書き記しており、題していわく。

『梅若水揚げ帳』

そこにはおのれの関係した女の名まえはいうにおよばず、器量から肉体的な特徴、さらに閨房《けいぼう》における肢態から好みまで、ことこまかに書きつづってあったのが、よりによって鳥越《とりごえ》の茂平次という岡っ引きの手にはいったからたまらない。

鳥越の茂平次とは、みなさま先刻ご承知のこの捕り物帳での敵役。色が黒くて大あばた、海坊主の茂平次という異名があり、世間からゲジゲジのように忌みきらわれている男である。

よりによってその海坊主の手にはいったのだからたまらない。水揚げ帳に名まえをつらねた女たちは、情け容赦もあらばこそ、つぎからつぎへと調べられたから、江戸の女の秘めごとが、いっぺんに明るみにでてしまって、夫婦わかれをするのもあれば、まとまっていた縁談を破談にされる娘もでる。

その影響するところ、あまりにも甚大なので、お奉行所では海坊主をしかりつけ、水揚げ帳をとりあげてしまうと同時に、その捜査のうちきりを申しわたした。

お奉行所でこの捜査を断念せざるをえなくなった理由のひとつは、梅若の殺害された日が、正確につかめなかったからでもある。

梅若が失踪《しっそう》したのは、一昨年の暮れの二十八日である。そして、その日ふった大雪で、雪だるまがつくられたのだが、これをつくったのは、かいわいの丁稚小僧。

だから、去年の二月十九日の雪解けで、死体が発見されるまで、そのかん約五十日。そのあいだのいつの日に、死体が封じこまれたのか、当時の医学的知識では、解明する手段方法がなかったのである。

なにしろ、雪詰めにされていたのだから、死体はほとんど腐敗しておらず、まるで生けるもののごとく、うつくしい膚をしていた。だから、ゆくえ不明になった暮れの二十八日の晩殺されたのか、また、何日間かどこかへ閉じこめられていて、さんざんおもちゃにされたあげく、しめ殺されたのか、なにしろそのかん約五十日あるのだから、それがこの捜査を困難なものにしたのである。

そのとき、もっとも重大な容疑者として、海坊主の毒気にあてられたのが、へっつい河岸の芸者、玉虫お蝶と、堺町は中村座の芝居茶屋、いちょう屋の看板娘のお久。お久はまだ十九という弱年ながら、いちょう屋を切ってまわしているというしっかりものなのである。

それから、いまひとりは、薬研堀にある料理屋、さぎ亭の女房お重。水揚げ帳によると、さいきんではこの三人が、もっともしばしば梅若とあそんでおり、三人いっしょに梅若をおもちゃにしたこともあるらしい。

だから、梅若の殺害されたのがいつ幾日と、はっきりわかっていれば、この三人のなかから犯人を指摘できたかもしれないのだが、あいにく、それが明確でないうえに、暮れの二十八日から、二月の十九日まで、五十日間にわたる三人のアリバイを、正確に追及するということは、ちょっと不可能にちかかった。

こうして梅若殺害の一件は、ついにうやむやのうちに葬られざるをえなかった。

「豆六、梅若の一件のときにゃ、うちの親分、ほかに忙しい御用があったので、とうとう掛かりあいなさらなかったが、われわれも死体を見るだけはみたなあ」

「へえへえ、雪だるまのなかから梅若の死体がでてきたという知らせをきいて、すぐに駆けつけたら、海坊主のやつがひと足さきにきていくさって、さんざんいやみをならべよったがな」

「いや、海坊主のことはどうでもいいとして、あのとき、うちの親分、しきりに首をかしげていなすったが……」

「へえ、うちの親分、どないいうてはりました」

「おまえは聞かなかったか。親分はこうおっしゃるんだ。雪だるまのなかへ人間一匹かくすというのは、容易なわざじゃねえ。なぜ、死体をそのままおっぽりださずに、雪だるまのなかへかくしやアがったかと……」

「そやけど、兄い、そら下手人にとっては、死体の見つかるのんがおそければおそいほど……」

「おれもそういったんだが、それじゃなぜ、なにもかも……ふんどしまではぎとってしまやアがったかと……」

「それも、兄い、身もとがわかったらこまるさかいに」

「いや、おれもそういったよ。ところが、親分のおっしゃるにゃ、そんなら、なぜ顔をめちゃめちゃにしておかねえんだと」

「それやかて、兄い、下手人のかんがえでは、そのうち雪のなかで腐ってしもて、顔のみわけもつかんようになるやろと……なにせ、見つかるまでに五十日の余もかかってまんねんさかいにな。まさか、雪のおかげで、生身どうようのまんまで見つかるやろとは、気イつかなんだっしゃろ」

「豆六、おれもそういったんだが、それがいけねえとおっしゃるんだ。辰、つもってもみねえ。あの雪だるまが五十日の余ももつと、下手人はどうしてしっていたんだ。雪だるまは三日で解けるか、五日でくずれるか、しれたもんじゃねえ。それにもかかわらず、死体になんの細工もしてなかったところをみると、下手人にとっては、死体が梅若だとわかってもかまわなかったにちがいねえ。それじゃ、なぜ雪だるまのなかへかくしたか。それはもちろん、二日でも三日でも、見つかるのをおくらせるためだろうが、身ぐるみすっかりふんどしまではぎとったわけがわからねえとおっしゃるんだ」

「なるほど、そういえばそうだんな。兄い、そのわけちゅうたらなんだっしゃろ」

「べらぼうめ。親分にわからねえもんが、こちとらにわかってたまるけえ」

「そらそうだんな」

「ときに、豆六。あの梅若にゃお冬《ふゆ》という姉があったな。曲ごまの三味線をひいていた女だが……」

「そうそう、わてもいま、それを思い出してたところだったけど、そのお冬なら、いつかうわさをきいたことがおます。うそかほんとかしりまへんが、吉田町《よしだちょう》から出てるちゅう話や」

「なんだ、吉田町へおちたのか」

辰はおもわず目をまるくした。

吉田町というのは、もっとも下等な売笑窟《ばいしょうくつ》で、夜鷹《よたか》とたいして変わりはない。

「親の因果が子にむくいやのうて、弟があんまり羽根をのばしすぎたんで、そないなことになったんでっしゃろ」

豆六がため息まじりにつぶやいたとき、按摩《あんま》の笛の音がちかづいてきて、

「お寒うございます」

と、小腰をかがめていきすぎたのは、としのころは二十七、八、いがぐり頭に、めくらじまの着物をしりはしょり、下に浅黄《あさぎ》のももひきをはいていて、どこかひと癖ありげな面魂。

「おっ、お寒う、ご精がでるねえ」

と、辰はなにげなくやりすごしたが、五、六歩いってから豆六が立ちどまり、

「兄い、兄い。いまむこへいく按摩のついてるつえ、あら仕込みづえやおまへんやろか」

「仕込みづえ……？」

辰はおもわず目をまるくしたが、すぐ吐きすてるように、

「バカなことをいっちゃいけねえ。按摩が流してあるくのに、そんな物騒なものを持っててたまるもんか。おまえの見まちがいよ」

「そうだっしゃろなあ」

豆六は首をかしげて、むこうへいく按摩のうしろすがたを見送っていたが、くだんの按摩はべつに足をいそがせるふうもなく、笛を吹きながらゆうゆうと入江橋《いりえばし》のほうへ消えていった。

怪しきは按摩

――あいつがシャーシャーやらなんだら――


「あっはっは、豆六、ちょっとみねえ。これ、さっきの按摩がやりゃアがったにちがいねえぜ」

そこはへっつい河岸をうしろに背負う、ふいご稲荷《いなり》のまえ。大きな雪だるまのすそが黄色くよごれている。

「あっ、ほんまや、ほんまや。あたりに人影がないとこみると、さっきの按摩がやりよったんやな」

「豆六、ちょっと待て。おいらもここで……」

「兄い、よしなはれ。そないなひとの悪いこと。按摩は目が見えへんさかい、しょがおまへんけんど……」

豆六はとめたが、そのときにはもう、水の走る音がきこえていた。

「ちょっ、行儀のわるいおひとやなあ」

豆六はちょうちんぶらぶら、人形町のほうへまがろうとして、ふとうしろをふりかえると、すでに用をおえた辰が、雪だるまの根元にしゃがみこんでいる。

「兄い、どないしたん。財布でもおとしやはったか」

「ま、豆六、ちょ、ちょっとこっちへもどってこい。そ、そのちょうちんをみせてくれ」

辰の声がふるえているので、豆六の頭にはさっと不吉な予感が走った。

「へっ！」

と、足ばやにとってかえした豆六が、へっぴりごしで辰のゆびさす雪だるまの根元にちょうちんをつきつけると、とたんにふたりのくちびるから、声にならない声がほとばしった。

黄色くよごれて解けている雪だるまの根元から、にょっきりのぞいているのは、まさしく人間の足首。その大きさや肉付きから、女であることはまちがいない。

「あ、兄い……ひとつ雪だるまをこわしてみまほか」

「ちょっと待て。雪だるまをこわすなら、町役人に立ち会ってもらおうじゃねえか。ここへくる途中、辻番所《つじばんしょ》があったな」

「そうそう、入江橋をこっちにわたったとこに」

「よし、じゃすぐに呼んでこい。この雪だるまは、おれが番をしている」

「よっしゃ」

豆六がふたりの町役人と番太郎をつれてひきかえしてきたのは、それからまもなくのことだった。番太郎は雪かきを肩にかついで、水っぱなをすすっている。

辰と豆六もてつだって、雪だるまを頭のほうからくずしはじめた。町役人も手をかした。雪はもう凍《い》てついているので、この作業はおもったよりもひまがかかった。

それでも、うえのほうから雪をおとしていくと、やがてがっくりくずれた女の髷《まげ》があらわれた。女はつぶし島田に結っている。

やがて顔が見えてきたので、ていねいに雪をおとして、さて、ちょうちんをつきつけると、

「あっ、こ、これア玉虫屋のお蝶ねえさん！」

と、おったまげたように叫んだのは番太郎。

ああ、やっぱり……と、辰と豆六は顔見あわせた。

としは二十六、七だろう、玉虫お蝶は雪だるまのなかで、一糸まとわぬあかはだか。首のまわりには、細ひものあとが紫色にくっきりと。

玉虫お蝶はあきらかに、しめ殺される直前に、さんざん男にもてあそばれたので

ある。勝ち気なお蝶はそうとう抵抗したらしく、玉の膚《はだ》にはあちこちにかすり傷や黒いあざができていた。ひょっとすると、あいてはひとりではなく、複数だったのではないか……。

「そうすると、その按摩が怪しいということになるのかえ」

その夜おそく、お玉が池へかえってきた辰と豆六の報告をきいて、佐七はまゆをひそめている。

「へえ、あっしは気がつかなかったんですが、豆六のいうのに、そいつのもっていたつえは、仕込みづえじゃなかったかと。そういえば、ひとくせありそな面魂でしたね」

「それに、親分、按摩があそこでシャーシャーやらなんだら、兄いやかてその気にならしまへなんだやろ」

「しかし、豆さん」

お粂はいそいで長火ばちに火をつぐと、寒さしのぎのお燗《かん》の用意をしながら、

「じぶんで殺して埋めたものなら、これみよがしにそんな粗相をするはずがないと思うがね」

「そやさかい、按摩が下手人とはいいまへん。そやけど、あいつなにかしってるん

やないかとおもてまんねん。偶然にしては、できすぎてまっさかいにな」

「なるほど、それじゃいちおうその按摩を考慮のうちへいれておくとして、お蝶はいつごろからいなくなったんだ」

「四日の晩、堺町の可祝《かしく》という料理屋の座敷へ招かれて、そこを出たのが九つ（十二時）ちょっとまえ。駕籠《かご》もよばずにふらっと出たっきり、ゆくえしれずになってたんですね」

「それで、問題の雪だるまだが、いつごろからそこにあるんだ」

「へえ、それは暮れにふった大雪で、近所の若い衆がおもしろはんぶんつくったんだそうで」

「それじゃ、まえからあった雪だるまを、死体のかくし場所につかやアがったんだな」

佐七はしばらくかんがえていたが、

「それで、お蝶がさいごに出たお座敷の可祝の客というのはどういう男だ」

「へえ、なんでも、馬場《ばば》五郎《ご》兵衛《ろうべえ》といって、肥前岩槻藩《ひぜんいわつき》のお留守居役《るすいやく》だそうです」

「肥前の岩槻といやア、堀田《ほった》侯。伽羅《きゃら》屋敷で有名なお屋敷だな。それで、そのお留守居役というなあ、お蝶とおなじみかえ」

「へえ、ここ半年ほどお蝶をひいきにして、ちょくちょく遊びにきやはるそうだっけど、べつにふかい子細はないらしい」

「それで、辰、豆六、この一件、去年の梅若の一件と、なにかつながりがあるというのかえ」

「それア、親分、あるとみるのがほんとうじゃありますめえか」

「それじゃ、辰つぁん」

と、お条はほどよくできたお燗で、三人に酌をしてやりながら、

「去年殺された梅若さんの身内のものが、敵討ちにお蝶さんを殺したというのかえ」

「そうとしか思えませんねえ。梅若もさんざん女におもちゃにされたあげくが、しめ殺され、雪だるまのなかでつめてえ思いをさされたんだ」

「あねさんのまえだっけど、お蝶のからだはさんざんでしたわ。あげくのはてにはしめ殺し、梅若がなめたとおんなじつめたい思いをなめさせたろいうわけだっしゃろ」

「まあ、いやだ。それにしても、下手人は、梅若さんを殺したのはお蝶さんだと、ハッキリとした手証でも握っているのかしらねえ」

「親分、そのこってすがねえ。あのせつ梅若の書きのこした水揚げ帳というやつで

すが、親分はごらんになったことがございますか」

「いや、あれは鳥越の兄いがおさえちまって、だれにもみせなかったからな。そのご、お奉行所へとりあげてしまったという話だが……」

「親分、それいっぺん神崎のだんなにでもおねがいして、みせてもらやはったらどうだす。海坊主にはわからいでも、親分がにらまはったら、なにかまたわかるかもしれまへんで」

「そうよなあ。こととしだいによっては、神崎様におねがいしてもいいが、ときに、梅若にゃ姉があったな」

「へえ、お冬というんですが、さっき豆六に聞くと、吉田町へおちて、夜鷹《よたか》みてえなことをやってるそうで」

「吉田町……？」

「へえ、そう聞いてます。そやさかいに、あしたにでも吉田町へ出向いていって、お冬にあたってみよやないかと、兄いとはなしてきたんです。お冬のしわざやないにしても、按摩《あんま》の心当たりがあるかもしれまへん」

「辰、豆六、その按摩がやったにしろ、これアひとりの仕業じゃあるめえよ。去年の梅若の一件のときもそう思ったんだが、梅若をしめ殺したのは女にしても、女ひとりでああいう細工はちとむりだからな」

「とおっしゃると……？」

「だから、その女にゃ手足となってはたらく手下のようなものがおおぜいいるにちがいねえ」

　辰と豆六はぎょっとしたように顔見あわせ、

「それじゃ、お蝶じゃねえとおっしゃるんで」

「さあ、そこまではわからねえが……どちらにしても、おめえらあした起きぬけに、吉田町へいってみねえ。おれはともかく八丁堀《はっちょうぼり》へいって、神崎様におねがいしてみよう。水揚げ帳というのをみせていただけるかどうか……」

「親分、そうしておくんなさい。ひょっとすると、これからおいおい糸をひいて、去年の梅若殺しの一件がばれてくるんじゃねえでしょうか」

「そうなったらしめたもんや。あの海坊主のやつに、初春そうそうほえ面かかしたろやおまへんか」

　辰と豆六は勇みたったが、佐七はだまってにがそうに、お粂の酌する杯をなめていた。

荒磯と勝の市

――嬲という字になって寝よるのんか――

まえにもいったように、本所の吉田町といえば、もっとも下等な売笑婦がたむろしているところである。

その吉田町のちかくにある自身番には、まだ松飾りがのこっている。そこでお冬のことをきいてみると、町役人はふたりの風体をみながら、

「ひょっとすると、おまえさんがたはお玉が池の身内で、辰つぁんと豆六さんじゃないか」

「へえ、いかにもあっしら辰と豆六だが、だんなはどうしてあっしらのことをご存じで」

「いやね、さっきおまえさんがたに、ことづけをおいていったひとがあるんで。ふたりがきたらこういえと」

と、町役人はひと息うちへすいこむと、

「やい、辰、豆六、本所くんだりまでご苦労だったが、御用はおれがもらったから、

とっとここから消えてなくなれ……いや、あの、これはわしがいうんじゃないよ。ことづけをおいていったひとが、そういえといいのこしたんで……」

「な、な、なんだと……？　いってえ、どこのどいつがそのような……」

「生意気なことをぬかしくさってん」

「あっはっは、むこうからやってくるあの親分がいったのさ」

町役人が指さすかたをふりかえって、辰と豆六、あっとばかりに、あいた口がふさがらなかった。

野次馬をいっぱいうしろにしたがえて、意気揚々、むこうからやってくるのは、なんと海坊主の茂平次ではないか。雪を背景にしているから、そうでなくともおびんずるさまみたいな顔が、いっそうてらてら、黒光りに光っている。しかも、その海坊主になわじりとられて、はだしのまんまやってくるのは、ゆうべのいがぐり頭の按摩ではないか。

按摩はそうとう抵抗したらしく、めくらじまの着物に、ところどころかぎ裂きができ、額に血がにじんでいる。それだけに、海坊主の得意のほどやおもうべしである。

それにしてもふしぎなのは、いがぐり坊主のくだんの按摩で、自身番のまえまでくると、ひと癖ある面魂に、にやりと不敵な微笑をうかべた。どうやら、ぜんぜん見えないのではないらしい。

海坊主はそんなことには気がつかない。辰と豆六をしり目にかけると、さつまいものような鼻うごめかし、

「わっはっは、かわいや、とんびに油揚げをさらわれたそうな。あのほえ面をみやいの。これ、勝《かつ》の市《いち》、キリキリあゆめ」

腹をゆすってわらいあげると、按摩をしばったなわじりつかんで、ユッサユッサといきすぎた。あと見送って辰と豆六、しばしことばもなかりけり。

やがて、ふたりのすがたがむこうの横丁に消えていくと、辰と豆六、はじめてわれにかえったように、

「ちきしょう、ちきしょう、海坊主め、はやえことやりゃアがった」

「そうすると、兄い、やっぱりあの勝の市ちゅう按摩が、お蝶のやつをしめよったんだっしゃろか」

「それにしちゃ、こちとらに死骸《しがい》のありかを教えるようなまねをするのはおかしいじゃねえか」

「そやそや。それに、いまわてらの顔を見て、にやっとわらいよったな。あら、な

にか言いひらきがある証拠だっせ」

「そうだ、そうだ、いまにほえ面かくのは、海坊主のほうかもしれねえ。とにかく、お冬というのをあたってみようじゃねえか」

あらためて町役人に、お冬のいどころを聞くとすぐわかった。染《そめ》の井《い》という家である。

この下等な売春町にも、まだ正月の名残はのこっていて、家ごとにおもいおもいの門松にしめかざり、それはそれなりに春めいたおもむきだったが、道は迷路のようにまがりくねっていて、なんとなく小便臭かった。

めざす染の井はすぐわかった。

表に朝がえりらしい野次馬が、五、六人むらがっているうえに、おかみとおぼしい女が、片手に桝《ます》をかかえていて、

「さあ、もう散った、散った。うちは見世物じゃないんだよ。ええい、朝っぱらから縁起でもない」

八つ当たりとはこのことだ。桝からわしづかみにした塩を、ところかまわずまきちらしている。そのさわぎのなかへ、面つきだしたのは辰と豆六。

「おまえが染の井のおかみかえ。えろうはでに八つ当たりをするじゃねえか」

と、ふりかえったおかみのお鉄《てつ》は、辰と豆六の風体をみると、

「そういう兄さんたちは……?」

「お玉が池の、人形佐七親分の身内のもので、おれが辰五郎、こちらが豆六というんだ」

「あら、まあ、おうわさはかねがね承っております。いえねえ、さっきの鳥越の親分さんが、あんまり理不尽なことおっしゃるもんですから、つい気が立って……そして、兄さんがたもお冬ちゃんのことで……」

「おかみ、海坊主のことなら気にしなはんな。あいつは威張るのんが商売みたいにおもてけつかる。それより、お冬ちゃんのことでちょっと聞かせてもらいたいことがおまんねん」

「ええ、ええ、ようございますとも。そうことをわけていってくだされア、なんでお上にお手向かいいたしましょう。立ち話もなんですから、さ、さ、なかへおはいりになって」

うってかわったものごしは、海坊主にたいする面当てだろう。

やがて、ふたりがとおされたのは、四畳半ばかりのおかみの部屋。お寒いおりか

らでございますからと、酒さかな、いたれりつくせりのもてなしも、海坊主への面当てというべきだろう。

「そして、お尋ねとおっしゃいますのは……？」

「それより、いま海坊主にしょっぴいていかれた按摩《あんま》は、お冬という妓のなじみかえ」

「はい、むかしからのお知り合いだとかで、ちょくちょく通うておいでになります」

「お冬とはもちろん、ふかい仲やろな」

「さあ、それは……お冬ちゃんのところへは、もうひとり、むかしなじみだといって、通うてくるかたがございます」

「そりゃまた、どういう男だ」

「荒磯《あらいそ》さんといって、相撲の三段目あがりだそうで」

「それで、勝の市と荒磯と、ふたりでお冬を張りあっているのか」

「いえ、そうでもなく、ふたりともむかしなじみらしく、どうかするとここで落ちあうことがございますが、そんな晩は三人で、夜っぴいてしんみり……」

「なんだとオ。そんなら、ふたりの男が、ひとりの女を抱いて……」

「嬲《なぶる》という字になって寝よるんかいな」

「さあ、そこまでは存じませんが、どうせここらへくる客は、物好きなかたが多うございますから、お冬ちゃんさえその気になれば、そんなことだってないとはいえませんでしょうねえ。なにしろ、お冬ちゃんというのがかわってますから」

「お冬というのが、どうかわってるんだ」

「あのひとなにも、こんなところへ身を沈めなくとも、けっこう暮らしていけるご身分なんですよ」

「そらまた、どういうわけで？」

「ほら、梅若さんの一枚絵をかいて、パッと売り出した歌川清麿さん、あのかたがなんとかしてやろうというのをことわって、わざとこんなところへ身を落としたんです」

「それゃまたなぜに」

「弟の梅若さんが、おおくの女をおもちゃにしたばかりか、死んだあとまでめいわくかけた。その罪滅ぼしに、こんどはじぶんがおおくの男におもちゃになろうと……」

辰と豆六は顔見あわせた。

いかに因縁因果とか、因果応報とかいう仏教思想に支配されていたその当時とはいえ、これはすこし極端すぎる。

「それで、おかみは歌川清麿という絵かきをしっているのか」

「それはもちろん。ちょくちょく、お冬ちゃんのところへ、通うておいでなさいますから。ほんとによくできたかたで、くるといつでも大枚のご祝儀をおいていかれて、むりな勤めはささないようにと。ですから、うちでもけっしてむりじいはしないことにしてるんですが……しかし、ここでこんな話をしているより、お冬ちゃんに会って、じかに話をお聞きになったら……」

「おお、それはもとより望むところだ。じゃ、おかみ、案内してもらおうか」

辰と豆六は杯おいてみこしをあげた。

浮世絵師清麿

――暮れからおとといまで町内預けさ――

お冬というのははたち前後、梅若の玉のような美貌《びぼう》にくらべるとだいぶん落ちるが、それでもぽっちゃりとした器量は十人並み以上で、こういう稼業をしている女としては、膚《はだ》のきれいなのは天成だろう。どこか愁いがおで、さびしい影を背負ったような女である。

「お冬、おまえはわれわれが、なぜここへきたかしってるだろうな」

「はい、それは……さっき、鳥越の親分さんから聞きましたから」

「そんなら、玉虫お蝶が殺されて、雪だるま詰めになってたこと、しってんねんやな」

「さっききいて、びっくりしていたところでございます」

「おまえ、玉虫お蝶をしっていたのか」

「会ったことはございませんが……たいそう梅若を恨んでおいでだったとか……ほんに梅若がとんだものをのこして世間をさわがせ、申し訳なくおもっております」

「おまえのいうのは水揚げ帳のことらしいが、おまえはあんなものがあることをしっていたのか」

「とんでもない。あんなものがあるとしっていたら、とっくに焼きすてたでございましょう」

「ほんなら、あれ、だれが見つけよったんや」

「鳥越の親分さんでございます。梅若の死後、鳥越の親分さんがうちへおみえになって、柳行李《やなぎごうり》の底からお見つけになったのでございます」

そのときの海坊主のとくいのさまは、そのごのかれの傍若無人な捜査のすすめかたからでもうかがわれるというものである。

「ときに、さっきしょぴいていかれた勝の市だが、ゆうべここへ泊まっていったのか」

「はい」

「おまえ、海坊主のやつがなんで勝の市をしょぴいていたか、しってるやろな」

「はい、お蝶さんを殺したとか……」

と、そこでお冬はきゅうに気がついたように、

「ときに、兄さんがた、お蝶さんはいつ殺されたのでございます」

「だいたい、四日の晩じゃねえかということになっているんだが……」

「あら、それなら……」

と、お冬はしずんだひとみをかがやかせて、

「勝の市さんは無実でございます。あのひとは五日の夕方まで、伝馬町《てんまちょう》のお牢屋《ろうや》に、いたはずでございますから」

「えっ！」

と、辰と豆六は顔見あわせて、

「お冬、それはたしかだろうな」

「はい、まちがいございません。あのひと、去年の暮れにひとを傷つけ、ちょうどひと月、伝馬町にいたのでございます」

なるほど、さっきすれちがうとき、勝の市がにたりとわらっていったのも、そういうたしかな言いひらきのみちがあるからだろう。

「そやけど、お冬、そらちょっとおかしいやないか。ゆんべこないなことがあったんやぜ」

と、ゆうべのへっつい河岸のできごとを語って聞かせると、お冬はあきれたように、

「いいえ、そんな話は出ませんでした。しかし、勝の市さんがなにかしっていたとしたら、荒磯さんにおききになったんじゃございますまいか。荒磯さんが伝馬町まで迎えにきてくれたといってましたから」

「そうそう、その荒磯についても聞きてえのだが、その荒磯と勝の市、それからおまえとは、いってえどういう関係になっているんだ」

お冬は色の白い膚に、ポッと血の色をはしらせながら、

「はい、おふたりとも梅若の生前、こま回しの前座をつとめてくだすったかたでございます」

お冬の話によるとこうである。

勝の市も荒磯も、ともに浅草奥山の大道芸人、勝の市は居合い抜き、荒磯は力持ち、ふたりとも奥山では人気のあった芸人だった。

ところが、梅若のこま回しがでるようになってから、そっちへ人気をとられているうちに、歌川清麿の一枚絵が出てからというもの、完全に食われてしまって、ふたりのまわりは閑古鳥が鳴くしまつ。

「それで、おふたりさんからいろいろいやがらせがあったりして、わたしもずいぶん怖いひとだと思いましたが、そのうちに、今戸《いまど》のお師匠さんがなかへはいって、仲裁してくだすったのでございます」

「今戸の師匠というのは、歌川清麿のことだな」

「はい、そのお師匠さんが、三人を浅草のお料理屋さんへ招いて、お取りもちしてくださいましたが、そのとき梅若が、調子のよいことでも申したのでございましょう。ふたりとも、すっかり梅若のとりこになって、じぶんのほうから梅若の前座をかって出られたのでございます」

「とりこというのは、梅若の色香に迷うたということか」

「はい」

「そんなら、ふたりとも梅若を抱いてねて、おもちゃにしよったんやな」

「とんでもない」

お冬はキラキラうるんだような目をあげて、

「おもちゃにしていたのは梅若のほう、荒磯さんも勝の市さんも、梅若のいいなりほうだい、いい若い衆があの子の手玉にとられて……ほんにわが弟ながら、梅若は悪魔の申し子のような子でした」

お冬は顔にそでをおしあてると、さめざめと泣きむせんだ。

「なんでも、荒磯と勝の市とは、嫐《なぶる》という字になって、おまえを抱いてねるちゅうやないか」

「あのひとたちは……いいえ、あのひとたちばかりじゃありません、今戸のお師匠さんなんかも、わたしのからだをとおして梅若をしのんでいるのでございます。わたしはあのひとたちのいいなり放題になってあげねばなりません」

「ときに、話をあとへもどして、それじゃ勝の市や荒磯は、玉虫お蝶をねらっていたのか」

「いいえ、あのおふたりも今戸のお師匠さんも、お蝶さんが梅若を殺したとは思うておいでではございませんでした。ただ、お蝶さんがなにかしっているのではないかと……」

「それで、お蝶にどろを吐かせて、ほんまの下手人がわかったらどないする気やったんや」

「ただではおかぬ、きっと梅若の敵を討ってやると……わたしは、そんな罪の上塗りをするようなこと、よしてほしいというのですが、三人とも梅若のことになると、ひとがちがったようになって……」

よく衆道の契りは、男女間の愛情よりもこまやかだというが、閨房《けいぼう》における梅若の生態には、女のみならず男まで夢中にさせるような、あやしいなにものかがあったにちがいない。

三人は梅若にたいして、下僕《しもべ》か奴隷みたいに仕えていたという。

それについて、辰がなにか聞こうとしたとき、したに当たってあわただしい物音。それにつづいて男の声。それをきくと、お冬がおもわず顔色かえて、

「あら、あれは今戸のお師匠さん」

と口走ったから、辰と豆六はおもわずハッと腰をあげた。

階下ではおかみが注意したとみえて、そのまま男の声はやんでしまった。

辰と豆六が顔見あわせていると、やがてミッシミッシと階段をふむ音をさせて、あがってきたのは十八貫はあろうかという巨漢である。

「お師匠さん、どうかなさいましたか」

お冬の声に、辰と豆六、またあらためて顔見あわせた。

お師匠さんとよばれたからには、これが歌川清麿だろうが、みたところ浮世絵師とは似てもにつかぬ風体だ。

としは三十五、六だろうか、大兵肥満の大男で、総髪の髪をたばね、縞物《しまもの》の着物をきた布袋腹《ほていばら》には、白ちりめんの帯をむぞうさにまき、とんと男伊達《おとこだて》といったかっこう。清麿は立ったまま、あいきょうのある目で辰と豆六を見くらべていたが、やがてゆったりそこへ座ると、

「お初にお目にかかります。わたしは歌川清麿という浮世絵師。なにとぞお見知りおきくださいまし」

ひとを食っているというのか、清麿はゆったりとして、落ちついている。辰と豆六が気をのまれて、目をキョロキョロさせていると、そばからお冬が不安そうに、

「お師匠さん、さっき、なにやら大声でおっしゃっていたようですけれど、なにか

かわったことでも？」

「おう、そうそう、お玉が池の兄さんがた。おまえさんがた、またひとつ雪だるまのなかから死体がころがり出したのをご存じですかえ」

「げっ、そ、それじゃ玉虫お蝶のほかに……」

「はい、ここへくるみちみち耳にしたんですが、堺町の雪だるまのなかから、いちょう屋の看板娘、お久さんの死体がみつかったそうですよ。さんざんおもちゃにされたあげく、しめ殺されていたそうですが」

こんな恐ろしいことを口にしながら、清麿はあいかわらず落ちついている。かえってお冬のほうが色をうしなって、

「お師匠さん、あ、あなたは大丈夫なんでしょうねえ。あなたにお疑いがかかるようなことは……？」

お冬も清麿には愛情をもっているのか、ひそめたまゆのあたりには、恐怖と不安の色がきざまれていた。

「お冬ちゃん、心配してくれてありがとう。だけど、わたしは大丈夫。そんな大それたこと、やろうにもやれない事情になっていたのさ」

「やれない事情というのは……？」

辰がひざをのりだすと、清麿はにこにこわらいながら、

「お冬ちゃん、おまえさんにゃ内緒にしていたけれどな、わたしゃ暮れにしくじってな。去年の秋、ちょっとかわった絵をかいたところが、それがばれて町内預け、暮れからおとといまで、手錠をかまされていたのさ。わっはっは」

清麿は、だれかの迂愚《うぐ》をあざわらうかのように、おおきな腹をゆすって笑いあげた。

におう白紙

――男女和合の絵が百鬼夜行のように――

去年殺された梅若といろいろ掛かりあいのふかかった玉虫お蝶が、一糸まとわぬはだかのすがたで、雪だるまのなかから発見されたというのだから、江戸中があっとおどろいたのもむりはない。

こういううわさは、ひろがりやすいもので、その翌日の昼過ぎまでには、もう江戸中にひろまったばかりか、かわら版にまで刷られて、あちらの辻《つじ》、こちらの町角

で読みあげられているしまつ。

「ちょいと、おまえさん、いま表へきている読み売りは、玉虫お蝶さんの一件らしいが、あれをきくと、梅若さんに掛かりあいのあったお女中たちは、さぞうす気味わるいことだろうね」

「ふむ、まあ、そういうこったろうなあ」

佐七はなま返事をしながら、長火ばちのむこうで、なにやら帳面のようなものを繰っている。

時刻はかれこれ暮れの七つ（午後四時）。冬のこととて、そろそろ小暗くなりかけている表の町角から、きこえてくるのは当時人気のかわら版売り、早耳三次《さんじ》の読み売りらしい。さびのきいたよくとおる声で、

「さあさ、評判じゃ、評判じゃ。みたか、きいたか、へっつい河岸の大騒動……」

ああ、やっぱり……と、お粂は聞くともなしに聞きながら、台所のほうで夕飯の支度をしていたが、ふと思い出したように、

「それにしても、おまえさん、辰つぁんと豆さんは、いやにおそいじゃないか。朝出ていったきりのなしのつぶて。もうそろそろ日が暮れようとしているのに、いったいなにをしてるんだろう」

「なにもそう気をもむことはねえやな。おおかた、むこうでなにか聞きこんで、ついでにそっちへまわってるんじゃねえか」

そういう返事もうわの空、佐七はなにか丹念に、半紙横とじの帳面をくっている。佐七もけさ辰と豆六がでかけたあと、すぐ出向いていって、八丁堀からお奉行所へまわり、たったいまかえってきたばかりである。

佐七は丹念に、一枚一枚丁を繰っていたが、ふいにおやとまゆをひそめると、帳面を鼻のさきへもっていった。そして、小鼻をひくつかせ、紙のにおいをかいでいたが、きゅうにむっくり顔をあげると、

「お粂、お粂、ちょっとここへきてくれろ。これ、いったいなんのにおいだろうな」

「あれ、においって、いったいなんのにおいさ」

前垂れで手をふきながら、台所からでてきたお粂は、長火ばちのまえへすわって、亭主からつきつけられた帳面の片面へ目をやると、パッとおもてに朱をはしらせて、

「あら、いやだ、おまえさん、宵の口からこんなものをもち出して……」

と、お粂の息がすこしはずんだのもむりはない。

佐七の差しだした帳面の、片面のほうは白紙だが、片面のほうには裸の男女が抱き合った男女和合悦楽の図が、ろこつに、なまなましくかいてある。細い筆の線が

きで、稚拙といえば稚拙だが、それだけにかえって扇情的で、急所急所は薄桃色に染めてある。

「バカをいえ。宵の口からこんなものをみせて、おまえの気をひこうてぇんじゃねえや。これをみろ」

表紙をかえすと、

「梅若水揚げ帳」

「ああ、これが当時評判の……」

「そうよ、さっき神崎様のおことばぞえで、お奉行所からお借りしてきたんだ」

「あたしもあのじぶん、辰つぁんや豆さんからこういう帳面があることはきいていたが、こんな絵まではいっていたのかねえ」

「いちいち見ちゃいられねえよ。ほら、ちょっとみろ」

パラパラと繰ってみせたどの紙面にも、女と男の和合の絵が、ろこつで扇情的な筆でかいてある。それはさまざまな姿態にわたっており、さながら百鬼夜行である。

しかし、そこに共通しているものは、男が女のおもちゃになっているのではなく、まだとしはもゆかぬ前髪の若衆が、さまざまな責め道具を使って、年上の女を責めて、責めて、責めぬき、女のあさましさと淫靡《いんび》さのすべてをそこにさらけ出させて、おのれはつめたくほくそえんでいるという、ゾーッとするようなサディスト的興趣によってつらぬかれていることだった。

なかにはさすがの佐七も目をおおいたくなるような、すさまじくもみだらがましい姿態をとらされている女もあり、女はあきらかに、

「もうかんにんして……許して……」

と、息もたえだえに哀願しているようだった。それにもかかわらず、梅若はつめたくせせら笑いながら、責め道具を駆使している……。

佐七は暗い目をして、この陰惨な絵を繰りながら、

「そのうえ、女の名まえからとしかっこう、会うた場所から時刻まで書きこんであるんだから、これじゃ、いけにえにされた女たちはたまるめえよ」

「だけど、梅若はなんだってこんなものをつくっておいたんだろう」

「はじめはうまれつき、絵心があるのをさいわいに、おもしろ半分かいていたらしいんだが、のちにゃこれを種にゆすっていたらしい」

「まあ、あんなに幼いものが……」

「きょう八丁堀やお奉行所できいてきたんだが、これを種に呼び出しをかける。呼び出しに応じなきゃ、これを世間にしらせるとおどかす。それがこわさに会いにい

くと、ますますふかみへはまるという寸法。だから、いちどでも梅若とあそんだ女は骨の髄までしゃぶられていたらしい」

「まあ、おそろしい」

「そう、おそろしいやつよ。この絵でみてもわかるとおり、梅若は女たちのおもちゃになっていたんじゃねえ。女をおもちゃにしていたんだ。梅若というやつは、としこそ若けれ、顔かたちこそ玉のように美しけれ、心は鬼か蛇《じゃ》のようなやつだったらしい」

さすがは姉弟《きょうだい》である。お冬の意見は当たっていたらしい。

お粂はさむざむと、総毛立ったような顔をしていたが、ふと思い出したように、

「どきに、おまえさん、いまなにかにおいがどうとかいってたが、あれゃなんのことだえ」

「おお、そうそう、ここにこうしてところどころ白紙のまんまのがとじこんであるんだが、白紙のやつにかぎって、なんだかにおうような気がするんだ。これ、いったいなんのにおいだろうな」

「におい……？　どれどれ……？」

お粂もみょうな顔をして、白紙のページを鼻へもっていくと、ひくひく小鼻をひ

くつかせていたが、

「ほんに、なんだかにおうわねえ。なんだかいいにおいじゃないか」

「一年たってもこんなににおうぐらいだから、梅若が殺されたじぶんには、もっとつよくにおっていたにちがいねえ」

「変だねえ。それにしても、いったいなんのにおいだろう」

お条が小鼻をひこつかせ、なにかいおうとするのを、佐七はしっと制止して、

「お条、早耳三次のあの読み売りをきいてみろ」

「えっ?」

と、お条が首をのばして、聞き耳を立てていると、

「さあ、評判じゃ、評判じゃ、へっつい河岸の騒動にひきつづき、またまた堺町は町角の雪だるまのなかから死体がひとつ。あられもないはだかの死体はだれあろう、中村座の芝居茶屋、いちょう屋の看板娘で名はお久……」

きいて佐七の血相がかわった。

「お条、ちょ、ちょっとあのかわら版を買ってきてくれ」

「あいよ」

お条はいそいで表へとびだすと、すぐかわら版を買ってきて、

「おまえさん、いけないいよ。どうやら、いちょう屋のお久さんも……」

「どれ、どれ、畜生！」

佐七がいそいでかわら版へ目をとおしているところへ、表からころげこむようにとびこんできたのは辰と豆六。

「親分、いけねえ。またふたりめがやられました」

「おお、その一件なら、いまかわら版で読んでいたところだ。ときに、おまえたち、現場をみてきたか」

「へえ、吉田町でうわさをきいたんで、かえりによってきましたが、なにもかも玉虫お蝶といっしょだすわ」

「それで、お久はいつからすがたがみえなかったんだ」

「五日の晩からだそうです。なんでも、お久がさいごにでた座敷の客は、横山町《よこやまちょう》でも名だいの唐物屋《とうもつや》、肥前屋《ひぜんや》のだんなだったそうですから、これは素性がしれてます」

「それで、その死体はいったいだれが見つけたんだ」

「そうそう、あれ、豆六、あいつはどうした。あの関取は」

「表に待ってんのんとちがいまっか。ちょっとみてきまほ」

と、豆六は気軽にしりをあげると、表のほうで声がして、

「なんや、荒磯。そんなとこに立っていんと、はよこっちゃへはいってきたらええやないか」

三人は一心同体

――これが推理の精妙というものよ――

豆六が引っ立てるようにしてつれてきたのは、総髪の大いちょう、身の丈五尺六寸くらいだが、体重は三十貫になんなんとするだろう、筋骨隆々たる筋金入りの大きなからだを、あらい滝縞《たきじま》の素袷《すあわせ》にくるみ、としのころは三十前後か、それが佐七のまえへ出るなり、大きなからだを小さくして、

「親分、助けてください。わっしはなんにもしらねえんです。ほんとになんにもしらねえんで」

と、畳に額をこすりつけた。

「辰、豆六、このひとは……？」

「荒磯といって、三段目あがりの力持ちで、去年殺された梅若の前座をつとめてい

た男です」

「この荒磯ばっかりやおまへん。よんべへっつい河岸でおうた座頭の勝の市も、やっぱりおんなじ前座やったそうです」

「親分、それぱっかりじゃねえんで。あねさんのまえでなんですが、この荒磯と勝の市、歌川清麿の三人は、すっかり梅若の色香にまよい……」

「三人とも、梅若の念者やったそうです」

念者というのは衆道、すなわち若衆道、つまり男色関係のあいてのことをいうのである。

佐七はいよいよ目をまるくして、

「それじゃ、三人で恋の鞘当《さやあ》てをやっていたのか」

「とんでもねえ。三人で梅若をおもちゃにしていたのか、されていたのか、ここにいる荒磯なんざ、梅若にさんざん慰みものにされて、よだれをたらして、うれしがっていたそうです」

「いや、梅若というのが女にたいして、としにあわぬすご腕だったということは、きょう八丁堀できいてきたが、それじゃ大の男のこの連中まで……？」

「親分、なんといわれても仕方がございません」

荒磯は畳にこすりつけた顔を、耳まで まっ赤にして、

「梅若は悪いやつでした。女のおもちゃになるとみせかけて、逆にあいてをいたぶり、舌なめずりをしているようなやつでした。あっしども、さんざんあいつに慰まれ、あいつの目のまえで、勝の市とふたりで、男どうし、あさましいまねもさされました。しかし、あっしはいまでも梅若が恋しいのでございます。あいつがかわいくて、かわいくてならねえんでございます。これは今戸の師匠や勝の市とておんなじことでございましょう」

佐七はあきれたような顔をして、うつぶしている荒磯の巌《いわお》のような肩のそよぎをみつめていた。

「そして、辰、豆六、いちょう屋のお久の死体を雪だるまのなかから見つけたのは……？」

「へえ、ですから、それがこの荒磯なんで……」

佐七はちかりと目を光らせて、

「それゃおかしいじゃねえか。お蝶もお久も、梅若といろいろうわさのたかかった女だ。それがふたりとも梅若と縁のふかい男に見つけだされたというのは……」

「ですから、親分、だれかがあっしどもにこの罪をおっかぶせようとしているにち

がいございません。兄い、親分にあれを……」

「おお、そうそう、親分、ゆうべ荒磯のうちへ、だれかがこんなものを投げこんでいったんだそうで」

辰がふところからとり出したのは、粗悪な紙にかいた結び文。佐七がひらいてみると、

いちょう屋のお久の居所を知りたくば、堺町の町角にある雪だるまをこっそり調べてごらんあれ。


ただそれだけで、差し出し人の名前もなければあて名もない。筆跡をくらますためだろう、わざととおぼしい金くぎ流である。

「それで、おまえ、堺町へいってみたのか」

「へえ、町角の雪だるまをしらべてみると、なかに死体があるようす。あっとおもって逃げ出そうとするところを、運悪くひとにみつかり、自身番へしょぴいていかれて、いろいろお取り調べをうけているところへ、兄いたちがきてくだすったんで……」

「しかし、ゆうべのへっつい河岸はどうしたんだ。勝の市も、あそこに死体のあることをしっていたのか」

「それが……あいつは五日の夕方、伝馬町のお牢屋《ろうや》から出てきたんですが、あっしが迎えにいこうとして、家をでると、門口におなじような文がおいてあったんで」

「勝の市は伝馬町の牢屋にいたのか」

「親分、それはほんとらしいんです。お冬もおなじようなことをいってました」

「よし、それは調べればすぐわかることだ。それで、その文にはなんと書いてあったんだ」

「へえ、それとおんなじで、玉虫お蝶の居所をしりたくば、へっつい河岸のふいご稲荷《いなり》、そのまえにある雪だるまを調べてみろ……と」

「その文はどうした？」

「破ってすてました。あんまりバカバカしいと思ったもんですから」

「それで、おまえその話を勝の市にはなしたのか」

「へえ、まさか勝のやつが真にうけるとは思わなかったもんですから……しかし、親分、これだけは信用してください。これゃてっきりなにやつかが、あっしどもに罪をおっかぶせようという魂胆。あっしゃほんとうになにもしらねえんです。ほんとうになにも……」

　小山のようなひざのりだして、必死となって弁解する荒磯の大きな盤台面《ばんだいづら》に、佐七はきっとひとみをすえて、

「しかし、荒磯、ひょっとすると、おめえたち三人は、心をあわせて、お蝶やお久をねらっていたんじゃねえのか。かわいい梅若の敵として……」

　図星をさされたのか、荒磯はしばらく黙っていたのちに、

「恐れいりました、親分」

　と、すなおにその場へ両手をつくと、

「じつは、いまおっしゃったふたりのほかに、もうひとり薬研堀の料理屋、さぎ亭のおかみのお重を、三人でひそかにねらっていたんです。しかし、親分、あっしどもはあの三人を殺そうとまでは思っていなかったんで。だいいち、あっしどもは、あの三人を梅若殺しの下手人とは、はなからおもっていなかったんで」

「じゃ、どうおもってたんだ」

「梅若を殺したなあ、女にゃちがいございませんが、女ひとりの手で死体を雪だるまのなかに埋めこむなんて、とてもできるもんじゃございません。だから、梅若殺しの下手人は、おなじ女でも、もっと大物だろうとおもうんです」

「大物というと……？」

「たとえば、お大名の御後室様とか、ご大身のお旗本の姫君様とか……」

佐七ははっと、辰や豆六と顔見あわせた。お粂もぎょっとした顔色である。

「おまえなにか、そんな心当たりがあるのか」

「いいえ、ございません。それがあるくらいなら……」

と、荒磯はひとみに殺気をはしらせて、

「ただでおくもんじゃございません」

「ただでおかぬとはどうするんだ」

「へっへっへ、それは親分、真言秘密。まあ、ご想像におまかせいたしましょう」

荒磯は肉のあつい赤ら顔に、不敵な微笑をうかべた。

佐七はゾーッと、鳥膚《とりはだ》の立つのをおぼえながら、

「それで、そのことは、今戸の師匠や勝の市も同腹というわけか」

「へえ、そのことにかけちゃ一心同体。三人が三人とも、梅若にゃゾッコン首ったけでございましたからね」

「それなら、荒磯、おめえらはなぜ、お蝶やお久、それからさぎ亭のお重をねらってたんだ」

「それゃ、あの三人が梅若殺しのほんとの下手人を知っているんじゃねえかと思ったからで」

「荒磯、おまえたちゃどうしてそうおもうんだ」

「へえ、それは、あの三人がときどき寄って、なにやらヒソヒソ談合してるらしいんです。それに……」

と、荒磯がなにかいいかけたとき、表のほうから割れ鐘のような声。

「お玉が池、いやさ、佐七、いるか」

と、わめいたかとおもうと、返事もまたずに格子をおしあけ、ヌーッと面をのぞかせたのは、いわずとしれた海坊主の茂平次だ。

「あっ、おまえは鳥越の兄い。どうしてここへ……」

「どうしてもヘチマもあるもんか。この相撲くずれのあとを追って、ここまでつけてきたんだ。荒磯、キリキリおなわにかかりゃアがれ」

海坊主の茂平次は仁王立ち、さつまいものような赤い鼻からポッポと湯気を立てながら、はや捕りなわをしごいているから、勝ち気なお粂はだまっちゃいない。

「これ、鳥越の親分さん、なんぼなんでも、それは理不尽というものでございましょう。こうして一家をかまえておれば、一国一城のあるじもおなじこと。それをことわりもなしに踏みこんで……」

「うっぷ、なにが一国一城のあるじよ。ねこの額のようなこの家が一国一城とは、へそがきいて茶をわかさあ。それに、お粂、よっく聞けよ。人殺しの罪人をかくまわば、かくまうほうも同罪じゃぞよ」

「それじゃ、親分、この荒磯が下手人だというなにかれっきとした証拠でも」

「そやそや、あんさん、けさもそないなことというて、勝の市をしょぴいていきやはったが、勝の市は五日の夕方まで、伝馬町の牢屋にいたんや。ちゃんとアリバイがおまっせ」

「うっふっふ、辰、豆六、そこが駆けだしのあさましさよ。こいつら三人ぐるになって、たくみにたくんだこんどの狂言。四日の晩に殺されたお蝶は、こいつがやったのよ。五日の晩にゃお久が殺されたが、その夕方、勝の市が牢屋を出ている。それから、さぎ亭のおかみのお重は、六日の晩からゆくえがしれなくなっているが、かわいや、お重もいまごろは、どこかの雪だるまのなかで冷たくなっているにちがいねえ。しかも、その日、清麿は手錠をとかれて自由の身だ。こうして三人が三人で、たがいにアリバイをつくりつつ、ひとりがひとりずつ殺しゃアがったんだ。どうだ、辰、豆六、恐れいったか。こういうのが推理の精妙というものよ。てめえたちの親分みてえな青二才にゃ、およばぬ鯉の滝のぼりだあな。それ、荒磯、キリキリおなわにかかりゃアがれ」

海坊主は得意満面、平仄《ひょうそく》にあわぬ毒気を吹きながら、そっくりかえったところまではよかったが、それだけからだにすきができた。

首うなだれて、恐れいったかにみえていた荒磯が、とつぜん躍りあがったとみるや、海坊主の胸板めがけて頭突き一発。

「わっ！」

仰向《あおむ》けざまにひっくりかえった茂平次は、そのまま気を失ってのびてしまったとはだらしがない。

「これ、荒磯、神妙にしろ」

「親分、このいいひらきはいずれまた……」

「荒磯、待てえ」

「逃げるとかえってためにならへんぜ」

辰と豆六は左右から荒磯の腰にとりすがったが、なにせあいては怪力を売りものの力持ち、辰と豆六を引きずって、そのまま表へとび出すと、

「おふたりさん、かんにんしておくんなさいよ」

大物浦《だいもつのうら》の知盛《とももり》よろしく、左右の腕でがっきりとふたりの首をしめつけたからたまらない。おもわず辰と豆六が手をはなすと、そのままそこへつきはなし、あと白波の逃げ足は、相撲取りあがりとはおもえぬ速さだった。

浮気女房

——三十三ちがいの亭主と若女房——

また降りだした粉雪をついて、佐七が辰と豆六をひきつれて薬研堀へやってきたのは、その夜の五つ（八時）ごろのこと。

みると、あちらの辻《つじ》、こちらの町角に、おおぜい野次馬がむらがって、なにをやっているのかとみると、雪だるまをこわしているのである。

佐七はおどろいて、

「辰、なにがあったのか、ちょっときいてみろ」

「へえ」

と、辰は気軽に駆けだしたが、すぐかえってきて、

「親分、さぎ亭のご亭主の命令で、雪だるまをこわしてるんだそうで。おかみさんがどこかに埋められてるんじゃねえかってわけです」

佐七はハッとまゆをひそめたが、

「よし、辰、豆六、おまえたちはそのほうを手伝え。さぎ亭はおれひとりでたくさんだ」

「おっと、がってんや」

辰と豆六がバラバラとそっちのほうへ駆け出していくのを見送って、それからまもなく佐七は、さぎ亭の玄関先に立っていた。

「ごめんくださいまし。ちと御意えたいことがございますんですが……」

と、おとのうと、

「あの、どなた様で……」

と、奥から出てきた中年増《ちゅうどしま》が、そういいかけて、佐七の風体をみるとハッとした。

「はあ、あっしは神田お玉が池の佐七というものですが、おかみさんがいらしたら、ちょっと……」

「あらまあ、お玉が池の親分さん。少々お待ちくださいまし。だんなに伺ってまいりましょう」

女中は奥へひっこんだが、すぐまた出てきて、

「さあ、どうぞおあがりくださいまし。だんながお目にかかるとおっしゃってでございます」

「ああ、そう。それでは……」

女中のあとについて通されたのは、帳場のおくのひと間だが、そこでぬくぬくこたつにあたっているのは、もうそろそろ六十ちかい老人だった。

真っ白な髪を小さくむすんで、あたたかそうな綿入れのうえに羽織をかさねて、こたつのうえでチビリチビリと、独酌を楽しんでいるところだった。

半間の床の間には、松に日の出の細物の軸、三方《さんぼう》にもちが飾ってある。

「ああ、これはようこそ」

と、老人はあいそよく目で会釈をして、

「どうぞそちらへお当たりください。おうわさはかねがね伺っておりました。お仙《せん》、親分さんにもお杯を……」

「いえ、どうぞお構いなく。あっしはこちらのおかみさんにお目にかかりたいと思いまして……」

と、佐七がそらっとぼけると、老人はひたいにしわをよせ、

「いや、そのことなんですが、ひょっとすると、あれもいまごろ雪だるまのなかにいるんじゃないかって、いま大騒ぎをしてるところで」

「あれ……とおっしゃいますと……？」

「いや、わたしの女房のお重のことで」

あっと、佐七はあいての顔を見直した。

さぎ亭のおかみのお重というのは、まだ三十まえときいている。いま目のまえにいるのが亭主だとしたら、三十以上もとしがちがっていたのではないか。

「いや、これはどうも失礼いたしました。それでは、あなたがこちらのだんなでございましたか」

「あっはっは、わたしがお重の亭主の喜兵衛《きへえ》です。お重とは三十三ちがいの夫婦でしたよ」

「夫婦でしたとおっしゃいますと……？　だんなはさっきも妙なことをおっしゃいましたが……あれもいまごろ雪だるまのなかにいるんじゃないかと……」

「親分」

と、喜兵衛は佐七の顔をまじまじみながら、

「きのうの晩、お蝶さんがへっついい河岸で、雪だるまのなかに封じこまれているの

を見つけだしたのは、たしかお宅の若い衆とやら」

「へえ、さようで」

「ところが、けさまた堺町の雪だるまのなかから、いちょう屋のお久さんの死体が出てきたとやら。それですから、ひょっとするとうちのお重も……」

と、喜兵衛はべつに悲しそうな色もみせずに、

「じつは、お重もおとといの晩からかえらないんです。わたしはまた浮気の虫が起こったのかと思いましたが、それが夫婦になるときの約束ですから、じっと辛抱しておりました。ところが、あちこちから妙なうわさがきこえてくるもんですから、ひょっとするとうちのお重もと、いまこのご近所の雪だるまをシラミつぶしに調べさせているところなんで……」

その報告のくるのを、喜兵衛はここで、ゆうゆうと酒をのみながら待っているのである。

「だんな、いまあなたは妙なことをおっしゃいましたね。それが夫婦になるときの約束だからと。それ、浮気のことでございますか」

「あっはっは。いや、としがいもない愚痴をお聞かせいたしました。じつは、五年まえにばあさんにさき立たれたとき、わたしは五十五で、お重は二十三でした。お

重は浪人者の娘で、ここが忙しいときにゃ、よく手伝いにきてたもんです。そのお重をくどいたとき、じぶんはもうとしがとしだから、おまえをじゅうぶん満足させることはむつかしかろう。だから、わたしで物足りない思いをしたら、役者なりなんなり買って、埋め合わせをつけるがいい。わたしに不自由な思いさえさせなければ、世間がなんといおうとも、じぶんは目をつむるつもりだからと、そういう約束で夫婦になったんで」

佐七はあきれたように、そういえばとしのわりには血色のいいあいての顔を見なおした。

「それじゃ、だんなは梅若との関係なども……」

「もちろん、しっておりました。しかし、それだけに、お重はわたしによくしてくれました。いやな顔ひとつせず、この年寄りのいいなりになってくれましてな」

三十三もちがう夫婦の夜の生態がどんなものであるか、佐七には想像もつかないところだが、それがおそらく、世にもえげつないものであろうことはうかがわれる。

喜兵衛はそれをヌケヌケといってのけると、

「ですから、わたしのほうでも梅若とのことは、みてみぬふりをしてやりました。お重はじょうずに立ちまわり、少しもわたしに不自由な思いをさせませんでした。

だから、それはそれでよかったのですが、さすがのお重も、梅若ばかりは見そこなったようです」

「とおっしゃると……？」

「いや、お重もさすがにくわしい話はしませんでしたが、たかが十五や十六の小僧っ子となめてかかったのがまちがいのもと、梅若にはだいぶんしぼられていたようで」

喜兵衛はさすがにため息をつくと、

「それも、銭金でゆすられているうちはまだよいとして、あの年若い小僧っ子に、さんざんからだをもてあそばれたようで、それが悔しかったのか、ついいちどだけ、わたしに打ち明けたことがございます」

おもちゃにしているつもりが、いつのまにか逆におもちゃにされたうえ、ゆすられていたらしいとすると、としこそ若けれ、梅若は悪魔の申し子みたいな若衆だったにちがいない。

「ときに、お蝶やお久も梅若にしゃぶられていたくちじゃございませんか」

「どうも、そうらしゅうございます。梅若の生前、よくこの家へあつまって、なにやら相談していたようですが、たぶんどうしたら梅若からのがれることができるかと、対策をねっていたものと思われます」

佐七はきっと喜兵衛の顔にひとみをすえ、

「それじゃ、だんな、ひょっとすると、三人が力をあわせて梅若を……？」

「いや、それはそうじゃありますまい。あのじぶんそういうお疑いをうけ、身からでたさびとはいえ、こんなくやしいことはないと、そこは気の勝ったお重のことゆえ、歯ぎしりかんでくやしがっておりました。これはお蝶さんやお久さんなども、おなじことだったようで……」

「とおっしゃいますと……？」

「あれいらい、三人はときどきここで落ち合い、なにかひそひそ相談していたようで」

「相談とはなんの相談……？」

「梅若を殺しておきながら、ヌケヌケどこかにかくれている女が憎い。そいつを探しだし、面の皮をひんむいてやらなきゃ、腹の虫がおさまらぬと……」

佐七はぎょっとしたようにひとみをすぼめ、

「それで、三人には当たりがついたようでしたか」

「さあ、お重もそこまではしゃべりませんでした」

佐七はしばらく黙って考えていたのちに、

「ときに、だんな、おかみさんは六日の晩から姿がみえなくなったんですね」

「はあ、さようで」

「その晩、おかみさんになにか変わったことは？」

「いえ、べつに。五つ半（九時）ごろまでは、ふだんとかわりなく、座敷に出ておりましたが……」

「おかみさんがさいごに出たお座敷のお客というのは……？」

「なんでも浅蜊《あさり》河岸に道場をひらいていらっしゃる浅見武兵衛《あさみぶへえ》さんという、やっとうの先生で」

佐七がなにか考えているところへ、表のほうで騒々しい声を立てているのは豆六らしい。

「親分、親分、はよきておくれやす。こちらのおかみさんの死体が、柳原《やなぎわら》の土手下の雪だるまのなかから……」

「えっ、やっぱり……」

と、喜兵衛はこたつのなかで眼をとじ、佐七はさっと腰をうかした。

佐七が駆けつけてみると、柳原の土手の下、枯れ柳の枝のしたに、雪だるまがひとつこわされていて、そのなかからはだかの死体が乗りだしていた。

「親分、これを……」

辰が差しだすちょうちんの灯に、女のむっちりとした下半身に目をやったとき、佐七はおもわず顔をしかめた。ひとり、あるいは複数の男におもちゃにされたらしい跡が歴然である。

佐七は死体をしらべていたが、きゅうに、おやと目を光らせると、ひくひく小鼻をひくつかせ、

「辰、この死体は、死体の髪や、膚《はだ》のにおいをかいでいたが、なんだかいいにおいがするじゃねえか」

「そりゃ親分、女ですもの。おしろいもつけてましょうし、髪油のにおいもしましょう」

「そういえば、お蝶もお久も、これとおんなじにおいをさせとったが、すると三人、おんなじおしろいや髪油をつこうてたんやな」

なにげなくつぶやく豆六のことばを、佐七はハッと聞きとがめ、

「辰、豆六、もういっぺんかいでみろ。お蝶やお久も、これとおんなじにおいをさせていたか」

「へえ、へえ」

と、辰と豆六はあらためて、犬のように小鼻をひこつかせて、お重の死体をかいでいたが、

「兄い、やっぱりこれやな。これとおんなじにおいでしたなあ」

「たしかにそれにちがいねえが、親分、それが……？　これ、おしろいや髪油のにおいじゃねえんですか」

佐七はだまって答えなかったが、かれはハッキリ思いだしているのである。あの水揚げ帳の白紙のにおいが、これとおなじらしいということを。

伽羅屋敷

――姫君さまは疱瘡をわずろうて――


去年殺された梅若と、因縁浅からざりし女が三人、つぎからつぎへと殺されて、雪だるま詰めにされたといううわさは、すぐに江戸中にひろがって、そこにひとつの恐慌状態をまき起こした。

ことに、梅若の生前関係をもった女たちは、おそらく生きたそらもなかったろう。

戦々恐々だったにちがいないが、そのごは変わったこともなく、三日とたち、五日とすぎたが、ここに怒り心頭に発したのが、ほかならぬ海坊主の茂平次。

　下手人は歌川清麿に勝の市、荒磯の三人ときわまったアリ、とりわけくさいのは荒磯なアリ。その荒磯をとり逃がしたのは佐七の不始末、召し捕って詮議《せんぎ》されたしと、おのれのだらしなさをたなにあげ、八丁堀へ訴え出たが、こればっかりはお取り上げにならなかった。

　だいいち、清麿がけしからん絵をかき、手錠三十日のうえ町内預けをおおせつけられ、その手錠がとけたのが正月六日であることは、今戸の町役人が証言している。また、勝の市が暮れのけんかでひとを傷つけ、正月五日の夕刻まで伝馬町につながれていたことは、これまた記録が立証している。

　下手人の交互ににせのアリバイ工作説は、説としては奇抜だが、これははなはだまゆつばものであると、八丁堀でもおとりあげにならなかったから、いや、海坊主のくやしがること、くやしがること。

　そのかん、佐七はあちこちの唐物屋《とうもつや》や、香具店に当たってみて、あの水揚げ帳にたきこめられたにおいが、伽羅《きゃら》の香であるらしいことを突きとめた。

　とすると、お蝶ほかふたりの女の髪や膚からにおった香りも、伽羅のにおいということになる。伽羅とはおよそ高価なもの、平素下賤《げせん》のもちいるべき品でない。では、あのにおいは、いったいどこで移ったか。

「おまえさん、きいてきましたよ」

それは正月十三日の夕まぐれ、外からかえってきたお粂は、ちょっとほおを上気させて、

「あの浅蜊河岸に道場をもっておいでになる、やっとうの先生の浅見武兵衛さんというかただけれどね」

「ふむふむ、さぎ亭のおかみのお重が、さいごに出たお座敷の客だな」

「そうそう、そのかたやっぱり、おまえさんのお察しのとおり、肥前岩槻藩のご家中の出で、いまでも岩槻藩のご家来がおおぜいおけいこにこられるそうですよ」

「ふむ、ふむ。それで、ひょっとすると、岩槻藩のお留守居役、馬場五郎兵衛さんは、おみえにならねえか」

「その馬場さんてえかたは、めったに道場へはおでにならないそうだけど、浅見さんとはご昵懇《じっこん》とかで、ちょくちょくお遊びにいらっしゃるそうです」

「やっぱりそうか」

お粂、佐七の両人が目を見合わせているところへ、

「わかった、わかった、親分、やっぱり、あんたはんのいわはったとおりや。横山町三丁目の、肥前屋の亭主というのんは……」

と、わめきながら、とび込んできたのは豆六だ。

「これ、静かにしねえか。壁に耳ある世のならいだ」

と、佐七にひと言たしなめられて、

「おっと、と、と」

と、あわてて口をおさえた豆六は、畳のうえに四つんばいになり、佐七の耳に口をよせ、

「親分、やっぱりあんたの目はたかい。いちょう屋のお久がさいごにでたお座敷の客、肥前屋藤兵衛《とうべえ》ちゅうのんは、岩槻藩のお出入り商人、岩槻藩とはだいぶんややこしい関係らしい」

佐七があらかじめ調べておいたところでは、肥前岩槻は、堀田近江守《おうみのかみ》で四万石、大名としてはあまり大きなほうではないが、それにもかかわらず内緒が裕福なのは、海外との交易を許されているからである。

むろん、これには幕府に冥加金《みょうがきん》、いまのことばでいえば税金をおさめて、公にゆるされているのであるが、問題はその数量である。

年間の交易額には、げんじゅうな制限がもうけられていて、その制限の範囲内における取り引きのみが公正なものとしてゆるされ、その取り引き額に応じて、冥加金を上納しているのである。

もし、それをこえると、抜け荷買い、いまのことばでいえば密貿易ということになる。

「ところが、親分、ここにちょっとおかしなことがおまんねん」

こんどは豆六、やけに声を落として、

「だいたい、岩槻藩の交易品、金銀珊瑚《さんご》綾錦《あやにしき》やのうて、鼈甲《べっこう》、玳瑁《たいまい》、珊瑚、伽羅、白檀《びゃくだん》と、そんなもんらしいんだすけんど、そないな品はみんな、お城御用の唐物屋、日本橋の山城屋《やましろや》が、御公儀立ち会いのうえ、一手にあつこうてるちゅう話だす。とすると、横山町の肥前屋が割りこむすきはないように思いますけんどな」

「いったい、肥前屋はいつごろから堀田家へお出入りしているんだ」

「この三、四年のことやいう話だす。なんでも、お留守居役の馬場五郎兵衛さんに取り入って、食い込んでいったらしいちゅう話だす」

すべてが岩槻藩のお留守居役、馬場五郎兵衛を指している。いったい、お留守居役というのは、諸侯の渉外係で、他藩とのつきあいにあたる外交官だから、世情に通じ、浮き世の表裏につうじ、よきにつけあしきにつけ、腹のすわった人物が多かった。

馬場五郎兵衛という人物がどういう人柄かしらないが、三人の女がゆくえ不明になるまえの座敷の客が、みんなそれぞれ岩槻藩に因縁あさからざる人物というのは……？

「ときに、お粂、堀田の殿様が伽羅の下駄《げた》の一件で、御公儀からおとがめをおうけなすったのは、あれゃ何年くらいまえだったっけな」

「そうそう、あれはいまから十年まえ」

「そうそう、あのじぶんわてはまだ大坂だしたけど、あの一件は、上方でも大評判だしたなあ」

堀田の殿様の伽羅の下駄の一件というのはこうである。

いまからちょうど十年まえ、お忍びすがたで吉原へかようてくる御大身とおぼしき殿様があった。廓《くるわ》での通り名は、月様ということになっていたが、これぞ肥前岩槻の領主、堀田家の先代、堀田駿河守政員《するがのかみまさかず》であった。

大名の身として吉原がよいの放蕩三昧《ほうとうざんまい》、これが御公儀にしれると、おとがめをくうは必定。その弱みにつけこんで、土地の無法者が数名、土手八丁で政員の帰途を待ち伏せ、ゆすりがましいことを吹っかけた。

そのとき、駆けつけるものあって、政員はあやうく難をまぬがれたが、乱闘のさい、下駄を片っぽ脱ぎすてたまま逃げ去った。

のちにこれを拾った土地の番太郎が、なにげなく火にくべると、えならぬ芳香を発したので、おどろいてとりだして調べてみると、なんと、この下駄は、伽羅の名木によってできていたのである。

伽羅といえばこのうえもなく高価なもの、それを下駄にしてはくとは、僭上《せんじょう》の沙汰《さた》もはなはだしいと、俄然《がぜん》詮議がきびしくなり、とうとう堀田政員の非行が明るみに出た。

「そうそう、それで、殿様は押し込めお隠居、叔父様《おじ》にあたるひとが、あとをお取りになったんだわねえ」

「そやそや。あら叔父さんの陰謀やったんやと、あのじぶん上方でも、もっぱら評判だしたがな」

「あの一件以来、中橋《なかはし》の堀田家の上屋敷に、伽羅屋敷とあだ名がついたんだったな」

三人が顔見合わせて、意味深長な目くばせをしているところへ、まいもどってきたのはきんちゃくの辰。

「親分、だいたいのことは聞き込んできましたがね」

と、長火ばちのまえににじりよると、いやに声をひそませて、

「いまの岩槻藩の殿さんは、堀田近江守政成《まさなり》といって、ほら、いまから十年まえに、伽羅《きゃら》の下駄の一件で押し込め隠居になったせんの殿さんの、叔父さんにあたるんだそうです」

「兄い、じつはこっちも、いまその話をしてたとこやがな」

「それで、辰、いまの殿さまはいくつぐらいだ」

「押し込め隠居になったせんの殿さんが、あのさい二十二でしたから、いま生きていれば三十二歳。ただし、あれから二年のちに、叔父さんをうらんで憤死なすったそうです。ところが、叔父甥《おい》といっても十六ちがい。だから、いまの殿さんは四十八歳。ところが、親分、ここにちょっとおもしろい話があるんです」

「おもしろい話というのは……」

「いまの殿さんに苅藻《かりも》姫《ひめ》といって、当年とって二十四か五になる姫《ひい》さんがひとりあるんですが、それがいまだにいかず後家で、本所も東橋《あずまばし》をわたったすぐとっつきの下屋敷で、あるにかいなき日を送ってるそうです」

「辰、その、あるにかいなきというのはどういうんだ」

「いえね。これも憤死なすった先殿さんのたたりだろうということになってるんですが、姫さんいまから六、七年まえ、疱瘡《ほうそう》をわずろうたんですね。それで、あたら花のかんばせが、まるで化け物みたいになってしまった。これじゃお嫁にいけませんや。それで、いまでも本所原庭町《はらにわちょう》の下屋敷で、あるにかいなき日を送ってるってえわけです。ところが、ここにもっとおもしろい話をきいてきたんですがね」

「兄い、おもしろい話てなんやねん」

「いえね、原庭町かいわいではもっぱら評判なんですが、そのお屋敷のそばを通ると、ぷうんと、よいにおいがするんだそうで。なんでも、その姫さん、伽羅のにおいがむしょうに好きで、伽羅をくすべては、その香を聞いてるんだそうで。だから、ちかごろじゃ中橋の上屋敷よりこっちのほうに、伽羅屋敷という名がついているそうですぜ」

きいて一同は、おもわず顔を見合わせた。

お家大切

——化け物姫と玉のような美少年——

物語もここまでくるとおしまいである。二十四、五のいかず後家といえば、からだがうずくとしごろである。その姫のもえさかる火を消すために、梅若がちょくちょくお招きにあずかっていたのではないか。

その下屋敷の奥御殿で、化け物のような姫様と、玉のような美少年とのあいだに、どのような情痴の場面が展開されたか、外部からしるよしもないが、さすが狡兎《こうと》のごとき梅若も、あいての身分や、化け物のような器量をはばかって、この茹藻姫のことだけは水揚げ帳へ書きしるすのはひかえたのだろう。

そのかわり、姫のくすべる伽羅のにおいをひそかに白紙にたきしめて、それを姫に会うたしるしとして、水揚げ帳にとじ込んでおいたのだろう。

梅若が姫をゆすっていたかどうかわからない。ゆすられた姫がくゎっとして、梅若をしめ殺したのか、それとも情痴のきわみの激情が、姫をかってそんな凶暴な行為に走らせたのか、そこまでは外部からはしるよしもない。

しかし、どちらにしても、梅若をしめ殺したのは姫だったろう。

そこで大恐慌をきたしたのが家中のものである。こんなことが外部へもれると、岩槻藩の大恥辱である。わるくすると、お家の命取りにもなりかねない。

そこで、だれか知恵者が知恵をしぼって、梅若の死体をひそかに遺棄することになったが、こまったことには、梅若の衣類には、伽羅のにおいがしみついている。いや、衣類のみならず、梅若のからだにも、伽羅のにおいがしみついていたにちがいない。

このことは、のちに佐七がお冬から聞きだしたところによっても裏づけされた。朝かえってきた梅若が、全身から馥郁《ふくいく》たるにおいを発散させていたことがあったという。

そこで、身ぐるみはいだ梅若の死体を遺棄するにしても、すこしでも発見をおくらせるように工作しなければならなかった。その道具につかわれたのが、雪だるまだったのだろう。

むろん、これを考案した人物も、あの雪だるまがあんなにながくもつものとは思っていなかっただろう。かれのかんがえでは、たとえ三日でも五日でも持てばよかったのにちがいない。一日たてば一日だけ、伽羅のにおいもうすらぐわけである。

すべてはお家大事、家名大切と、そうとう多くの侍が、このことに協力したにちがいない。

計画はうまくはこんだ。雪だるまは思いのほかながくもって、発見されたとき梅若のからだからは、伽羅のにおいは消えていた。衣類はべつに焼きすてられたにちがいない。

ところが、ここにひとつ、さすが奸智《かんち》にたけたこの計画者にとっても、思いもよらぬ事態がもちあがってきた。

梅若が世にも忌まわしきものを書きのこしておいたことである。

それからひいておおくの女がつぎからつぎへと槍玉《やりだま》にあげられたとき、岩槻藩ではおそらく肝をひやしたにちがいない。

さいわい、梅若が姫の名前だけははばかっておいてくれたおかげで、あやうく難はまぬがれたが、しかし、そのままではすまなかった。

身からでたさびとはいえ、この一件で、いちばんめいわくをこうむった、お蝶、お久、お重の三人は、三人そろって勝ち気な女だった。

身におぼえのないぬれぎぬをきせられたじぶんたちが、世間からものわらいの種にされたのにもかかわらず、かんじんの下手人がどこかにぬくぬくとかくれているのはけしからん、なんとかして、その女を明るみにひきずり出して、赤っ恥をかかせてやりましょうと、三人しめしあわせて梅若の生前の行状をさぐっているうちに、本所の伽羅屋敷をかぎつけたのではないか。

姉のお冬でさえ気がついていたくらいだから、抱きあってふざけている梅若の膚《はだ》から、ときどき、えならぬにおいが発散していたのに、気がつかぬはずはなかったであろう。

そこで三人はどうしたか。姫に思いしらせるために、岩槻藩をゆすりにかかったのではないか。

岩槻藩にはふたたびお家の大事がふってわいた。あいてをたかがかよわい女とあなどってかかるわけにはいかなかった。悪くするとお家の命取りである。

この災いの根をたつには、あいての口を封じてしまうよりほかない。

佐七も当時の人間だから、そこまでは肯定できなくもない。

すべてお家大事が優先するのである。お家大事ということは、ひっきょう、わが身かわいさということである。お家あってのわが身なのだから。ことに、女だてらに三人が、大名あいてにゆすっていたとすれば、女のほうにも大いに非がある。

しかし、それかといって、かれらのとった処置については、佐七ははげしい憤りをかんじずにはいられなかった。

かれらはおそらく手をまわして、梅若の身辺をさぐったにちがいない。そして、歌川清麿と勝の市、さらにもうひとり荒磯の存在をさぐりあてたにちがいない。

この三人の梅若の崇拝者が、いまだに梅若の移り香をわすれかね、梅若殺しの真の下手人にたいして、深讐綿々《しんしゅう》、復讐の寝刃《ねたば》をといでいるということをしったのにちがいない。そして、こんど起こったこの連続殺人事件は、すべてこの三人に罪を転嫁するためにねられた計画にちがいない。

しかし、上手の手から水のもれるたとえのとおり、どたん場になって、清麿が手鎚三十日をおおせつけられ、町内預けになっていたことや、勝の市が伝馬町に入牢《じゅろう》していたことを見落としていたにちがいない。

もし、この見落としがなければ、三人はまんまとかれらのわなにおちて、海坊主の茂平次みたいな岡っ引きにあげられて、無実の罪でお仕置きにされていたことだろう。

それを思うと、佐七は、この一件の首謀者の武士にもあるまじき卑劣さに、憤りをおぼえずにはいられなかった。

ことに、三人の女をしめ殺すまえ、もてあそんだのがだれであったにしろ、それは口さがない下衆《げす》下郎などではなく、身分正しきれっきとした武士だったにちがいない。それがいかにお家のためという美名のためにおこなわれたにしろ、あまりに下劣陋劣《ろうれつ》である。

それを思うと、佐七はヘドが出るような怒りにもえずにはいられなかったが、しかし、いかにかれが憤慨したところで、あいてが大名屋敷とあれば、しょせんは蟷《とう》螂《ろう》の斧《おの》、ごまめの歯ぎしりでしかなかったようにみえた。

しかし、はたしてそうであったろうか。

この一件で、佐七がどのようにうごいたか、ここでは省略することにするが、その年の三月三日、すなわち、桃の節句の晩のことである。

その夜は、季節にはめずらしい大雪だったが、その大雪をついて本所に義士の討ち入りいらいの大事件がもちあがり、江戸中をあっとばかりにおどろかせた。

岩槻藩の下屋敷に、とつじょ、御公儀の手がはいったのである。それはかなり大掛かりな捕り物だったので、原庭町いったいは、上を下への大騒動だったという。

手入れの理由は、岩槻藩の悪質な抜け荷買いが露顕したためといわれているが、それかあらぬか、それからまもなく、岩槻藩はお取りつぶしになってしまった。

ところが、のちに巷間《こうかん》つたうるところによると、このお手入れの騒ぎにまぎれて、下屋敷から茢藻姫のすがたがみえなくなったという。

　では、茢藻姫はどうなったのか。

　三月三日の大雪で、いつのまにやら、去年、梅若の死体が発見されたおなじ雷門のまえに、おおきな雪だるまができていた。春の雪のとけやすく、四日の昼過ぎには頭からとけはじめたが、そのなかから全裸の女の死体があらわれて、またまたひとびとを驚かせた。

　それは、むせっかえるような豊麗な肉体と、大あばたのひきつった世にも醜怪な容貌《ようぼう》とをあわせもった二十五、六の女だったが、しめ殺されるまえ、単数あるいは複数の男に、さんざん、もてあそばれたあとが歴然としていた。

　この死体はついに引き取りてがあらわれなかったので、どこのだれと身分もわからず、やむなく町役人の手で荼毘《だび》にふされ、無縁寺へ葬られた。

　歌川清麿はそのごお冬を引き取り、夫婦となって、浮世絵師としてますます売り出したが、勝の市と荒磯のふたりは、杳《よう》としてゆくえがわからなかった。

　しかし、佐七はあえてそれを追求しようとはしなかったという。

解説

縄田一男

横溝正史ブーム華やかなりし頃の昭和五十年代、角川文庫には作者自選による〈人形佐七捕物帳〉全三巻『羽子板娘』『神隠しにあった女』『舟幽霊』が収録されていたが、版が絶えて久しい。

さらに春陽文庫で刊行された『人形佐七捕物帳全集』全十四巻も事情は同様で、この連作に接していない若い読者や、愛読していたオールドファンからも再刊を望む声が多いと聞く。

そこで此之度《このたび》、一巻本の傑作選を編むこととなった。作品は、人形佐七《さしち》一家の成立が分かるように配列し、加えてシリーズの代表作として恥じない名作を混じえ、最初と最後を第一話と最終話でくくる構成とした。

何しろ百八十話もある膨大なシリーズだけに、七篇だけでは九牛の一毛であるが、連作の魅力はたっぷり楽しんでいただけると信じている。

さて、捕物帳が〝季の文学〟であるという説は、戦後、探偵小説専門誌「宝石」等を舞台に特異な評論活動を行った白石潔《しらいしきよし》が、評論集『探偵小説の郷愁について』（昭和二十四年、不二書房）の中で述べたものである。

確かに『半七捕物帳』（岡本綺堂）以来、捕物帳を読む楽しみは、謎ときの面白さに加えて、犯人追及の過程で点描される江戸の四季折々の風物を味わうことにある、といっていいだろう。

白石潔の評論は、とかく論理の飛躍や独断が多すぎ、にわかに首肯しかねるものが多いが、彼の名は、この定義において大衆文学史上に残るといえるだろう。

そして、こうした定義に当てはめてみると、本書の巻頭を飾る「羽子板娘」はどうであろうか。

「七草をすぎると、江戸の正月もだいぶ改まってくる」――そんな書き出しではじまる小町娘連続殺人事件は、読者をスリルに満ちた興奮のうちに、正月気分が抜けはじめた江戸の街へと連れ去らずにはおかない。

そして『人形佐七捕物帳』を貫くモチーフは、江戸情緒あふれる物語設定と、本格ミステリーが持つ論理的骨格の見事な融合にある、といえる。

ここで肝心の主人公、人形佐七のプロフィールを作中から拾うと、佐七は文化・文政にかけてこの人ありと謳《うた》われた捕物名人。

そのキャラクターの面白さでまずいちばんに挙げられるのが、銭形平次（野村胡堂）のような品行方正な親分たちに較べて、女に弱い、というユーモラスな一面である。

何しろ人形を見るような男ぶりのため、〝人形佐七〟という綽名《あだな》がついたほどだから、本人のせいとばかりはいえないだろう。

先代は、伝次といって神田お玉が池でお上の御用をつとめた腕利きの岡っ引きだったが、息子の佐七はとかく身持ちが収まらず、先代亡き後、親代わりとなっているこのしろの吉兵衛《きちべえ》からはっぱをかけられ、見事、男を売り出す一番手柄となったのが、この『羽子板娘』の事件なのである。

従ってシリーズのレギュラーメンバーはまだ出揃ってはおらず、一の乾分《こぶん》のきんちゃくの辰《たつ》やその弟分、うらなりの豆六《まめろく》。さらには佐七より一つ年上の姐《あね》さん女房で人一倍、悋気《りんき》深いのが玉に瑕《きず》のお粂《くめ》。そして、佐七を頼みとする与力の神崎甚五郎《かんざきじんごろう》や、敵役の岡っ引き、鳥越《とりごえ》の茂平次《もへいじ》らを加えると、この連作のレギュラーをざっと鳥瞰《ちょうかん》したことになる。

ここで、横溝正史が捕物帳に着手した経緯を記しておくと、博文館で、「新青年」「文芸倶楽部」「探偵小説」の編集を歴任した横溝は、昭和七年、博文館を辞して、文筆専門を志すこととなった。

ところが、翌八年、大喀血《かっけつ》に襲われ、七月、富士見高原療養所に入り、正木不如丘《まさきふじょきゅう》の指示を受け、三ヵ月間療養し、秋に帰京した。

しかしながら、その容体を案じた先輩友人を代表し、水谷準《みずたにじゅん》から、向う一年間の執筆停止と転地療養を勧告され、七月、信州上諏訪《かみすわ》に転地し、闘病生活に入ることになる。

この上諏訪時代に闘病生活を続けながら発表されたのが、『鬼火』『蔵の中』『かいやぐら物語』等の幽玄妖美《ようび》な作品であることは、既に読者も御承知のことであろう。

その横溝正史に捕物帳の執筆を勧めたのが、乾信一郎《いぬいしんいちろう》で、捕物帳なら半永久的な収入につながるとの配慮からであった。

これは横溝正史にとって意外な申し出であったが、作者いわく、おまえなら書けるはずだという乾信一郎の手紙の調子が、

オッチョコチョイの私に妙に自信を持たせた。いろいろ考えているうちに、

やってやれないこともないように思えてきた。（「私の捕物帳縁起」）

というのりで、その執筆に踏み切ることになる。

このとき、横溝正史の手許《てもと》にあったのは、乾信一郎が送ってくれた春陽堂文庫の『半七捕物帳』と『右門捕物帖』（佐々木味津三）、そして『銭形平次捕物控』の何冊かと、弟に頼んで神田の古本屋で買ってもらった一葉の江戸の地図だけだったという。

かくして生まれたのが、昭和十二年の四月から「講談雑誌」に連載を開始した『不知火捕物双紙』という作品である。しかし、この連作は、岡っ引きを主人公にしてはとても半七にはかなわぬという、作者の〝半七コンプレックス〟から、得体の知れぬ浪人者を主人公にし、自縄自縛に陥ってしまった連作でもあった。

これを従来の捕物帳のように岡っ引きを主人公にしたものへと改め、大成功を収めたのが、翌十三年から同誌に連載された『人形佐七捕物帳』なのである。こうしてみると、『人形佐七捕物帳』は、作者たる横溝正史の大喀血の落とし子ということができるかもしれない。

人形佐七の人形は、『半七捕物帳』の一篇、「津ノ国屋」に登場する若い岡っ引き人形常から採り、佐七の佐は作者が傾倒していたマキノ映画「佐平次捕物控」の佐と、半七の七を組み合わせたものだという。

また、佐七の女房お粂は、そのまま半七の妹の名を借りたものであり、こうした背景には、半七には及びもつかぬが、せめてその乾分か弟分にでもなれば、という気持ちがあったからだと聞いている。

大好評をもって迎えられ、戦時中、女にだらしがない親分では時節柄よろしくないとされ、やむなく作者が『朝顔金太捕物帖』（後に人形佐七に改稿）等の執筆を強いられる一時期を経て、昭和四十年初頭まで百八十篇に及ぶ人気シリーズとなっていくのである。


ここからは収録作品の解説に入って行こう。但し、作品の趣向に触れる箇所もあるので、読者の方々は、ぜひ本文の方から読んでいただきたい。

・「羽子板娘」（原題「羽子板三人娘」）
昭和十三年一月から翌年十二月まで「講談雑誌」で連載された『人形佐七捕物帳』の第一作である。

七草の晩に幕をあけた、羽子板にまでなった三小町の怪死事件を解決し、見事、男を上げる、佐七、二十二歳の一番手柄である。

既に記したように、『人形佐七捕物帳』を貫く特色は、作中に横溢《おういつ》する江戸情緒と渾然一体《こんぜんいったい》となった本格ミステリーとしての骨格の確かさである。本作を見る限りでも、佐七の捜査方法は、鏡を使って容疑者のいた場所を捜し出すなど、おそろしく科学的である。

そして何より海外ミステリーを読み馴《な》れた読者なら、本作の原型が何であるかは自ずと了解されよう。ここで作者自身の言を引用すれば、「これはアガサ・クリスティーの『ABC殺人事件』のトリックを借用に及んでいる」ということになる。新しい捕物帳の連載をはじめるに当たってその第一作の構成を海外の本格ミステリーに求めたことは、それら名作の持つ論理的骨格を、江戸情緒の中で生かそうという明確な意志が働いていたからに違いない。

ちなみにこの作品は、中村正太郎《なかむらしょうたろう》主演で「人形佐七捕物帳・羽子板の謎」という題名で松竹で映画化された（未見）。

・「開かずの間」

人形佐七の一の乾分、きんちゃくの辰がはじめて登場するエピソードである。ところがこの話は、戦後に書かれた第一三〇話である。

辰五郎がこの連作にはじめて顔を出すのは、第三話「歎きの遊女」からで、「去年にわかに、パッと売り出した佐七は、いまでは巾着《きんちゃく》の辰という乾分もある。腰巾着の辰、すなわち巾着の辰である」と記されており、どのような経緯で乾分になったのかは記されていない。

では第二話「謎坊主」はどうかと見てみると「さて、この佐七がにわかにぱっと売り出したのは、文化十二年春のこと。／したがって、まだ女房も持たず、辰や豆六という子分もいなかったころのことである」（春陽文庫版『人形佐七捕物全集10』所収）と書いてあるからチトややこしい。

辰五郎の弟分、うらなりの豆六でさえ、乾分となった経緯が記されている（「螢屋敷」）のに、辰にそれがないのは、少々、可哀そうではないかと、作者が後に初登場の物語を書いてやったというのが本当のところではないだろうか。

作中から辰五郎のプロフィールを拾うと、「いやに横に平べったい顔」で「まるで平家蟹《へいけがに》をおしつぶしたように、いやに鰓《えら》の張った男」。「両親をはやくうしなって、本所《ほんじょ》は緑町に住む、お源という伯母にやしなわれたが、辰が十二、三のときに亡くなった親爺《おやじ》というのが、お玉が池に住んでいて左官職をやっていた。佐七とは幼な友達というわけだがとしは二つ違いの当年二十歳。／その後、柳橋の船宿井筒《いづつ》というのへ奉公して、いまでは一人前の小舟乗り、平家蟹をおしつぶしたような男っぷりは、お世辞にもいいとはいえないが、人間に愛嬌《あいきょう》があって、だれにでもかわいがられる性分である」とのこと。

女郎屋の開かずの間で起こった毒死事件をめぐって、辰五郎も獅子奮迅《ししふんじん》。佐七の粋なさばきに乾分《こぶん》となるまでが、二重三重にも張りめぐらされた謎とともに描かれている。

・「歎きの遊女」

シリーズ第二話で佐七とお粂が結ばれる物語である。

飛鳥山の花見の乱痴気騒ぎの中で、ひょっとこ面と血染めの獄衣、さらには死体までが発見され、その中にいたのが、もと吉原で嬌名をうたわれた東雲《しののめ》太夫ことお粂である。

これはいわばお粂自身の事件なのだが、佐七は謎を追いつつも、「あれからというもの、佐七の目にはお粂の面影がちらついて離れない。これを大げさにいうと、寝ては夢、起きてはうつつまぼろしのというやつである」と、作者自身も面白がって書いているのが分かってほほえましい。

佐七はお粂の過去にまつわる暗雲をバッサリと断ってやり、到頭、たまらずプロポーズ。

これで、佐七より一つ姐《あね》さん女房で、恐ろしいほどのやきもち焼き、佐七がちょくちょく、浮気をするものだから、作者いわく、「風雲お玉が池」なる光景が展開することになるのである。

・「螢屋敷」

いよいよ、佐七の二人目の乾分、うらなりの豆六が登場する第一八話である。

実は、このうらなりの豆六こそが、『人形佐七捕物帳』のキー・パーソンである。大坂出身で、御用聞き志願、音羽《おとわ》のこのしろの吉兵衛を頼って江戸へ下ってきたのだが、吉兵衛は、いま売り出し中の佐七へ豆六をあずけることになる。

「うらなり。――とは口の悪い辰がお目見えの日、ひとめ見るや即座にたてまつったあだなだが、いみじくもいったり、細く、長く、のっぺりと黄色い顔は、うらなりの糸瓜《へちま》そっくり、鼻だけつんとたかいが、目尻《めじり》がさがって、口もとがだらしなく、いつも涎《よだれ》の垂れそうな口のききようがとんと、馬鹿か悧巧《りこう》かわからないしろものだ」といった御面相。

堅気の稼業が嫌いで、大坂では代々代々続いた藍玉問屋を飛び出してきたという。

この豆六がはじめて関わるのが、葛籠《つづら》の中から死体に群がる螢が飛び出してきた奇怪極まりない話。事件はスリルに満ちているが、豆六の探索は思わず腹を抱えて笑ってしまうようなていたらく。それでも獲物に喰らいついていくさまは上々吉。「著者ははじめ一回限りのつもりだったが、あれは面白いから続けて出すようにと勧められ、そのまま辰の相棒となった」(中島河太郎、講談社版『定本人形佐七捕物帳全集』1解説)というが、この豆六が揃ってこそ佐七ファミリーは完成する。

ここで考えていただきたいのは、横溝正史が、関西は神戸の出身であるという点である。豆六が登場したことによって、作品に加わったのは、上方の笑いとお色気、それに怪奇な事件が起こることによって、後の『人形佐七捕物帳』の方向性が決定していく。

うらなりの豆六をこの連作のキー・パーソンであると記した理由は正にここにある。

・「お玉が池」

人形佐七ファミリーが出揃ったところで、今度は、佐七ゆかりの地を舞台にした作品で楽しんでいただきたい。それが第六八話の本作である。

さて、佐七の住居があるお玉が池の伝説が絡む一篇で、佐七をはじめファミリーの面々は、この頃発句に余念がない。

幽霊の出現から、千両箱の謎、そして現われる白骨死体と、事件は一見めまぐるしく展開していくが、連句が一種の暗号になっている点等、非常に端正な謎とき小説として、シリーズの中でもかなり上位の作品ではないだろうか。

また、俳句の宗匠を青蛙《せいあ》と名付けたのは、『青蛙堂鬼談』を書いた先達、岡本綺堂への敬意のあらわれではあるまいか。

・「舟幽霊」

さて、これこそ横溝作品の真骨頂。捕物帳でも見事に本格ミステリーが成立することを証明した名作、第一五四話である。

中秋の名月の晩の事件である。江戸芸能界の大パトロン、大桝屋《おおますや》嘉兵衛《かへえ》の向島の寮で行われた月見の宴——江戸の名士として招待された佐七たちが、上方くだりの中村富五郎《なかむらとみごろう》らと相舟で寮へ向かう途中、髪をざんばらにしたズブ濡《ぬ》れの女の幽霊が現われることから事件ははじまる。

黒髪のまつわりついたかんざしの謎にはじまり、乱痴気騒ぎの中で起こる怪事件——佐七の名推理がとく、あっと驚く、事件の真相。さすが、作者が自選集に選んだだけのことはある、これも逸品といわねばなるまい。

・「梅若水揚帳」

『人形佐七捕物帳』の最終話。第一八〇話である。

浅草奥山で八丁荒らしといわれた大道のこままわし、梅若は、その類稀《たぐいまれ》な美貌《びぼう》で、江戸いちばんの色若衆と呼ばれていた。ところが、一年前の彼岸の入り、浅草雷門の雪だるまの中から、全裸死体となって見つかった。

ところが、この梅若、とんだものを残していった——それが『梅若水揚帳』。自分の関係した女の名前から閨房《けいぼう》での好みのすべてを書き残した禁断の秘帳である。事件はそれだけでは終わらず、梅若と関係を持った三人の女も次々と雪だるまの中から全裸死体となって発見されるではないか。

女でも男でもむしゃぶりつくした淫獣の如き梅若をめぐって、事件の謎は深い。何故、雪だるまの中に入れられたのか。何故、全裸死体なのか——佐七の名推理は最後まで衰えることはなかった。なお、最終話に佐七の適役、鳥越の茂平次が登場しているのも御愛嬌か。

さて、ここで一寸《ちよつと》面白い話がある。

晩年、横溝正史は、笹沢左保の『木枯し紋次郎』シリーズのことを「私はこのシリーズを、一種の捕物帳的興味で愛読している」（傍点筆者、「私の推理小説雑感」）と述べている。ここでいわれている〝捕物帳的興味〟とは『木枯し紋次郎』シリーズの随所に盛り込まれているミステリーとしてのどんでん返しを指していることは間違いない。この一点を見ても、横溝正史が捕物帳のことを、江戸を舞台にしたミステリーとしてとらえていたことは明らかであろう。

最後に映画化作品について触れておくと、戦前は、前述の「人形佐七捕物帳・羽子板の謎」一本のみ、戦後は、嵐寛寿郎《あらしかんじゅうろう》、小泉博《こいずみひろし》、若山富三郎《わかやまとみさぶろう》、中村竜三郎《なかむらりゅうざぶろう》らが佐七を演じた。この中でいちばんの当たり役としたのは、新東宝と東映を股《また》にかけて佐七を演じた若山富三郎で、岡っ引きは刀が持てないので、棒術の達人という設定で素晴らしい殺陣《たて》を見せていた。

また、人形佐七の〝人形〟の解釈にも原作とは別のものがあり、嵐寛寿郎の佐七は人形を集めるのが趣味。またTVでNHKとテレビ朝日（旧NET）で二度、佐七をやっている松方弘樹《まつかたひろき》の場合、後者ではお粂が人形焼き屋をやっている、という設定だった。

ちなみに、横溝正史のお気に入りの佐七はTVの林与一《はやしよいち》のものであったという。

●参考文献

・横溝正史『探偵小説五十年』(講談社)
・横溝正史『横溝正史自伝的随筆集』(角川書店)
・浜田知明編「人形佐七捕物帳全作品リスト」(出版芸術社『横溝正史時代小説コレクション捕物篇②江戸名所図絵』所収)
・創元推理倶楽部秋田分科会発行『定本人形佐七読本』

本文中には、今日の人権擁護の見地に照らして不当・不適切と思われる語句や表現がありますが、作品発表時の時代的背景を考え合わせ、また著者が故人であるという事情に鑑み、原本のままとしました。

本書の刊行にあたっては、『定本人形佐七捕物帳全集』（全八巻、講談社）を底本にし、『羽子板娘　自選人形佐七捕物帳一』『神隠しにあった女　自選人形佐七捕物帳二』『舟幽霊　自選人形佐七捕物帳三』（以上、角川文庫）、『人形佐七捕物帳全集』（全十四巻、春陽文庫）を参考にしました。

編集部

人形《にんぎょう》佐《さ》七《しち》捕《とり》物《もの》帳《ちょう》傑《けつ》作《さく》選《せん》

横溝正史《よこみぞせいし》　縄田一男《なわたかずお》＝編

平成27年 12月25日　初版発行
令和７年 ６月20日　５版発行

発行者●山下直久

発行●株式会社KADOKAWA
〒102-8177　東京都千代田区富士見2-13-3
電話　0570-002-301（ナビダイヤル）

角川文庫 18926

印刷所●株式会社KADOKAWA
製本所●株式会社KADOKAWA

表紙画●和田三造

ISBN978-4-04-102483-6　C0193

角川文庫発刊に際して

角川源義

　第二次世界大戦の敗北は、軍事力の敗北であった以上に、私たちの若い文化力の敗退であった。私たちの文化が戦争に対して如何に無力であり、単なるあだ花に過ぎなかったかを、私たちは身を以て体験し痛感した。西洋近代文化の摂取にとって、明治以後八十年の歳月は決して短かすぎたとは言えない。にもかかわらず、近代文化の伝統を確立し、自由な批判と柔軟な良識に富む文化層として自らを形成することに私たちは失敗して来た。そしてこれは、各層への文化の普及滲透を任務とする出版人の責任でもあった。

　一九四五年以来、私たちは再び振出しに戻り、第一歩から踏み出すことを余儀なくされた。これは大きな不幸ではあるが、反面、これまでの混沌・未熟・歪曲の中にあった我が国の文化に秩序と確たる基礎を齎らすためには絶好の機会でもある。角川書店は、このような祖国の文化的危機にあたり、微力をも顧みず再建の礎石たるべき抱負と決意とをもって出発したが、ここに創立以来の念願を果すべく角川文庫を発刊する。これまで刊行されたあらゆる全集叢書文庫類の長所と短所とを検討し、古今東西の不朽の典籍を、良心的編集のもとに、廉価に、そして書架にふさわしい美本として、多くのひとびとに提供しようとする。しかし私たちは徒らに百科全書的な知識のジレッタントを作ることを目的とせず、あくまで祖国の文化に秩序と再建への道を示し、この文庫を角川書店の栄ある事業として、今後永久に継続発展せしめ、学芸と教養との殿堂として大成せんことを期したい。多くの読書子の愛情ある忠言と支持とによって、この希望と抱負とを完遂せしめられんことを願う。

一九四九年五月三日

角川文庫ベストセラー

八つ墓村
金田一耕助ファイル1

横溝正史

鳥取と岡山の県境の村、かつて戦国の頃、三千両を携えた八人の武士がこの村に落ちのびた。欲に目が眩んだ村人たちは八人を惨殺。以来この村は八つ墓村と呼ばれ、怪異があいついだ……。

本陣殺人事件
金田一耕助ファイル2

横溝正史

一柳家の当主賢蔵の婚礼を終えた深夜、人々は悲鳴と琴の音を聞いた。新床に血まみれの新郎新婦。枕元には、家宝の名琴〝おしどり〟が……。密室トリックに挑み、第一回探偵作家クラブ賞を受賞した名作。

獄門島
金田一耕助ファイル3

横溝正史

瀬戸内海に浮かぶ獄門島。南北朝の時代、海賊が基地としていたこの島に、悪夢のような連続殺人事件が起こった。金田一耕助に託された遺言が及ぼす波紋とは？　芭蕉の俳句が殺人を暗示する!?

悪魔が来りて笛を吹く
金田一耕助ファイル4

横溝正史

毒殺事件の容疑者椿元子爵が失踪して以来、椿家に次々と惨劇が起こる。自殺他殺を交え七人の命が奪われた。悪魔の吹く嫋々たるフルートの音色を背景に、妖異な雰囲気とサスペンス！

犬神家の一族
金田一耕助ファイル5

横溝正史

信州財界一の巨頭、犬神財閥の創始者犬神佐兵衛は、血で血を洗う葛藤を予期したかのような条件を課した遺言状を残して他界した。血の系譜をめぐるスリルとサスペンスにみちた長編推理。

角川文庫ベストセラー

金田一耕助ファイル6
人面瘡
横溝正史

「わたしは、妹を二度殺しました」。金田一耕助が夜半遭遇した夢遊病の女性が、奇怪な遺書を残して自殺を企てた。妹の呪いによって、彼女の腋の下には人面瘡が現れたというのだが……表題他、四編収録。

金田一耕助ファイル7
夜歩く
横溝正史

古神家の令嬢八千代に舞い込んだ「我、近く汝のもとに赴きて結婚せん」という奇妙な手紙と佝僂の写真は陰惨な殺人事件の発端であった。卓抜なトリックで推理小説の限界に挑んだ力作。

金田一耕助ファイル8
迷路荘の惨劇
横溝正史

複雑怪奇な設計のために迷路荘と呼ばれる豪邸を建てた明治の元勲古館伯爵の孫が何者かに殺された。事件解明に乗り出した金田一耕助。二十年前に起きた因縁の血の惨劇とは？

金田一耕助ファイル9
女王蜂
横溝正史

絶世の美女、源頼朝の後裔と称する大道寺智子が伊豆沖の小島……月琴島から、東京の父のもとにひきとられた十八歳の誕生日以来、男達が次々と殺される！開かずの間の秘密とは……？

金田一耕助ファイル10
幽霊男
横溝正史

湯を真っ赤に染めて死んでいる全裸の女。ブームに乗って大いに繁盛する、いかがわしいヌードクラブの三人の女が次々に惨殺された。それも金田一耕助や等々力警部の眼前で——！

角川文庫ベストセラー

首
金田一耕助ファイル11
横溝正史

滝の途中に突き出た獄門岩にちょこんと載せられた生首。まさに三百年前の事件を真似たかのような凄惨な村人殺害の真相を探る金田一耕助に挑戦するように、また岩の上に生首が……事件の裏の真実とは？

悪魔の手毬唄
金田一耕助ファイル12
横溝正史

岡山と兵庫の県境、四方を山に囲まれた鬼首村。この地に昔から伝わる手毬唄が、次々と奇怪な事件を引き起こす。数え唄の歌詞通りに人が死ぬのだ！　現場に残される不思議な暗号の意味は？

三つ首塔
金田一耕助ファイル13
横溝正史

華やかな還暦祝いの席が三重殺人現場に変わった！宮本音禰に課せられた謎の男との結婚を条件とした遺産相続。そのことが巻き起こす事件の裏には……本格推理とメロドラマの融合を試みた傑作！

七つの仮面
金田一耕助ファイル14
横溝正史

あたしが聖女？　娼婦になり下がり、殺人犯の烙印を押されたこのあたしが。でも聖女と呼ばれるにふさわしい時期もあった。上級生りん子に迫られて結んだ忌わしい関係が一生を狂わせたのだ――。

悪魔の寵児
金田一耕助ファイル15
横溝正史

胸をはだけ乳房をむき出し折り重なって発見された男女。既に女は息たえ白い肌には無気味な死斑が……情死を暗示する奇妙な挨拶状を遺して死んだ美しい人妻。これは不倫の恋の清算なのか？